HEYNE <

Felix Anschütz • Nico Degenkolb
Krischan Dietmaier • Thomas Neumann

NEE, WIR HABEN NUR FREILAUFENDE EIER!

DEUTSCHLAND IM O-TON
FOLGE 2

Das Beste von belauscht.de

WILHELM HEYNE VERLAG
MÜNCHEN

Der Inhalt der einzelnen belauschten Szenen spiegelt nicht die Meinung der Autoren oder des Verlags wider. Um die Anonymität der belauschten Personen zu gewährleisten, wurden alle Namen geändert.

FSC
Mix
Produktgruppe aus vorbildlich bewirtschafteten Wäldern und anderen kontrollierten Herkünften
Zert.-Nr. SGS-COC-001940
www.fsc.org

Verlagsgruppe Random House
FSC-DEU-0100
Das FSC-zertifizierte Papier *Holmen Book Cream* für dieses Buch liefert Holmen Paper, Hallstavik, Schweden.

2. Auflage
Originalausgabe 11/2010

Printed in Germany 2010
Umschlaggestaltung: Eisele Grafik-Design, München
Illustrationen: Lucia Götz
Satz: Der Buch*macher*, Arthur Lenner, München
Druck und Bindung: GGP Media GmbH, Pößneck
ISBN: 978-3-453-60175-8

www.heyne.de

Inhaltsverzeichnis

VORWORT

»Wer hätte das gedacht?!« – Dieser Satz ist in den letzten Jahren des Öfteren bei uns gefallen. Denn wer hätte gedacht, dass eine spontane Idee am Küchentisch eine deutschlandweite Humor-Lawine lostreten könnte und dass zwei Jahre später ein Buch über kleine lustige Unterhaltungen zu einem unerwarteten Bestseller werden würde?!

belauscht.de heißt die spontane Idee. Sie ist eine Internetseite, die wir, vier Freunde und Bewohner einer Studenten-WG, im Sommer 2006 zwischen Getränkekisten und Pizzakartons gründeten. Auf ihr archivieren wir kurze Episoden aus dem echten Leben, die zufällig belauscht wurden. Skurrile Gesprächsfetzen, die aus dem großen Sprachrauschen herausstechen, weil sie besonders witzig, originell oder absurd sind. All jene Konversationsschnipsel eben, die man im Bus, in der Bahn, an der Kasse oder während der Arbeit mit halbem Ohr mitgehört und am Abend noch immer nicht vergessen hat. Der Werdegang von *belauscht.de* ist schnell erzählt: Aus den anfänglich gut fünfzig Geschichten und Erlebnissen aus dem eigenen Freundeskreis entwickelte sich binnen weniger Monate eine bunte Sammlung aus Hunderten irrwitziger ›Belauschnisse‹, die uns von einer stetig wachsenden Leserschaft zugeschickt wurden. Authentische Erlebnisse, die einen kompromisslosen Blick auf ein ganz anderes Deutschland bieten. Ein neugieriges Horchen am sich ständig verändernden Puls der Zeit – unterhaltsamer als jede Reality-Show. Seitdem spitzen Tausende Leute fleißig ihre Ohren und *belauscht.de* ist zu einem festen Begriff im deutschsprachigen Internetraum geworden. Wer hätte das gedacht …

Als uns dann der Heyne Verlag im Sommer 2008 fragte, ob wir nicht Lust hätten, aus den besten Einsendungen unserer Seite ein Buch zu machen, wurde für uns, so klischeehaft es auch klingt, ein Traum wahr. Denn natürlich war der Gedanke, irgendwann einmal ein Buch zu machen, bereits durch unsere Köpfe gespukt. Dass es tatsächlich dazu kommen würde, haute uns dann aber doch ziemlich von den Socken. Ein gutes Jahr später war es dann so weit: Ein kleines knallgrünes Buch mit dem seltsamen Titel *Entschuldigung, sind Sie die Wurst?* erblickte die Welt, roch nach Druckerschwärze und schrie nach Aufmerksamkeit. Wir waren glücklich – hatte uns doch allein das Erstellen des Manuskripts unglaublichen Spaß gemacht. Nicht selten mussten wir vor lauter Lachen die Arbeit unterbrechen. In den folgenden Monaten schlug sich die ›Wurst‹ dann auch sehr wacker. Immer mehr Menschen wurden auf das Buch aufmerksam, das Feedback war toll und die Medien begannen, darüber zu berichten. Wir stellten mit Freude fest, dass sehr viel mehr Menschen die Faszination und Begeisterung der Belauscht-Gemeinde teilten, als wir geahnt hatten. So viele, dass für einige Zeit die Druckerei dem Ansturm nicht mehr gewachsen war und die ›Wurst‹ zur gefragten Mangelware wurde. Zwangsläufig teilten dadurch auch immer mehr Menschen ihre Erlebnisse mit uns, überschwemmten uns geradezu mit ihnen. Das Beste daraus halten Sie gerade in Ihren Händen. *Nee, wir haben nur freilaufende Eier!* ist die Fortsetzung einer Geschichte, deren Hauptdarsteller wir alle sind. Es ist die Essenz von dem, was die Nation in der letzten Zeit so von sich gegeben hat. Brandneue Belauschnisse im poppig-orangefarbenen Gewand. Und wir können Ihnen versprechen: Deutschland spricht witziger denn je!

In diesem Sinne wünschen wir Ihnen eine angeregte Lektüre und hoffen, Ihnen Häppchen für Häppchen Freude bereiten zu können. Und wer weiß, vielleicht finden Sie sich ja selbst wieder?
Zum Abschluss möchten wir all denjenigen von ganzem Herzen danken, die durch die Einsendung ihrer Erlebnisse dieses Buch überhaupt erst möglich gemacht haben! Wie ein altes Sprichwort sagt: Das Paradies verdient, wer seine Freunde zum Lachen bringt!

Felix, Krischan, Nico und Thomas
belauscht.de

PS: Der obligatorische Aufruf darf natürlich auch dieses Mal nicht fehlen. Wenn Sie selbst etwas erlebt haben, was Sie gerne mit anderen teilen möchten: Bitte, bitte zögern Sie nicht! Auf *belauscht.de* erwartet man Sie mit größter Spannung.

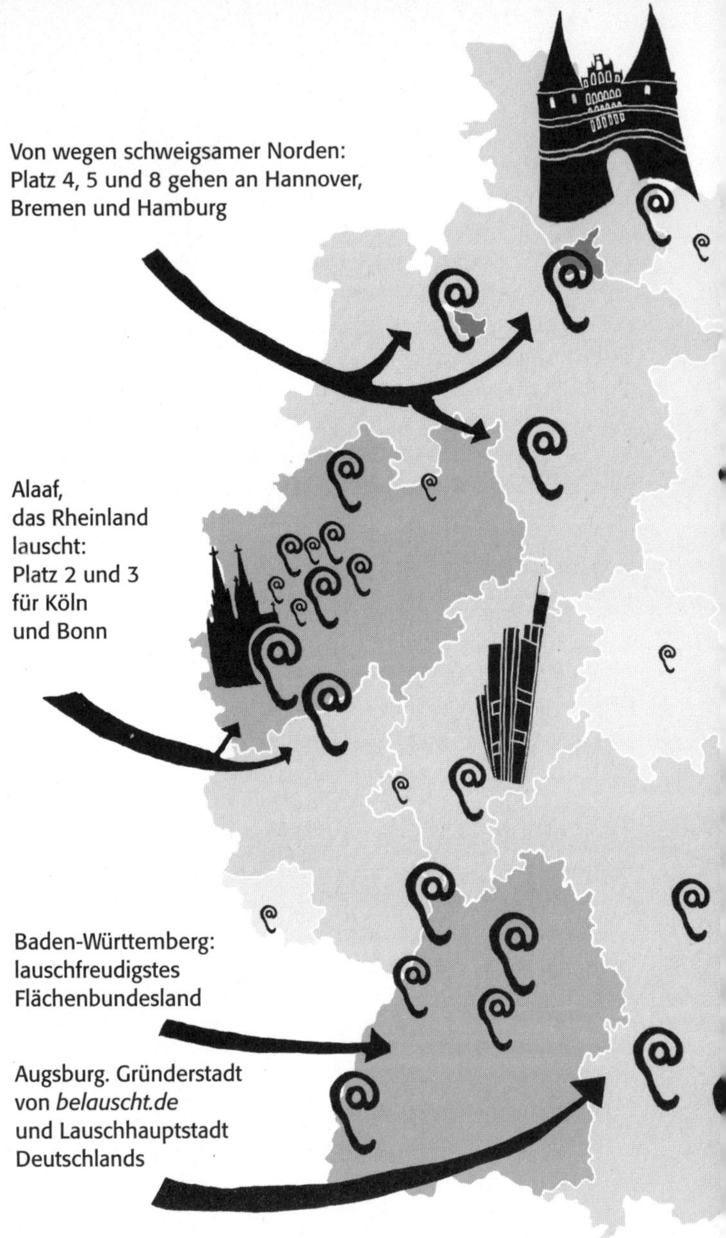
Von wegen schweigsamer Norden:
Platz 4, 5 und 8 gehen an Hannover, Bremen und Hamburg
Alaaf, das Rheinland lauscht: Platz 2 und 3 für Köln und Bonn
Baden-Württemberg: lauschfreudigstes Flächenbundesland
Augsburg. Gründerstadt von *belauscht.de* und Lauschhauptstadt Deutschlands

DEUTSCHLAND IM WO-TON
UNSER LAUSCHVERHALTEN

Wo lauscht man eigentlich am meisten in Deutschland?

Der geografische Ursprung von mehr als 30 000 gesammelten Belauschnissen verrät viel über unser Lauschverhalten: Die Epizentren des Lauschens liegen im Süden und Westen, der Osten hingegen hört deutlich weniger mit. Wer weiß, möglicherweise ist das Desinteresse der neuen Bundesländer am Reden der anderen ja eine Spätfolge des staatlichen Lauschangriffs in der DDR?

Voilà, die Lauschkarte Deutschland!

sex, drugs and nachbarschaft

– Düsseldorf-Flehe.

Eine ältere, sehr neugierige Dame trifft ihre deutlich jüngere Nachbarin im Treppenhaus, als ich gerade an den beiden vorbeigehe.

Ältere Dame: »Was war da gestern Nacht los bei Ihnen?!«
Nachbarin: »Nun ja, ich hatte wilden Sex … und Sie?«

GRANDIOSE GESPRÄCHE – „ICH HATTE WILDEN SEX … UND SIE?"

Touché! Manche Menschen sind mit dem Talent gesegnet, perfekt zu kontern, spontane Pointen zu platzieren und jedes Gespräch kunstvoll zu ihren Gunsten zu wenden. Personen dieses Schlages gehen meist als lachende Gewinner vom verbalen Schlachtfeld und ihre Zuhörer lachen ausgiebig mit – sofern der Witz nicht auf ihre Kosten geht. Wenn wir im Supermarkt den vermeintlichen Erlöser treffen, Zeuge einer entwaffnenden Sex-Diskussion zwischen dem Hausdrachen und der Nachbarin werden oder der Apotheker geschäftsschädigende, aber ehrliche Ratschläge verteilt, ist jeder noch so trübe Tag gerettet. Den Belauschern der folgenden Szenen ist es zu verdanken, dass nun vielleicht auch Ihr Tag gerettet ist. Lehnen Sie sich zurück und genießen Sie die grandiosesten Gespräche von *belauscht.de*!

lieferung im blitzversand

– Wuppertal. Klotzbahn.

Ein Kunde kommt mit einem Bilderrahmen in der Hand an die Kasse eines Fotogeschäfts.

Kunde: »Gibt es den hier auch im Querformat?«

Verkäufer nimmt dem Kunden den Rahmen aus der Hand, dreht ihn um neunzig Grad und sagt:

»Gerade reingekommen.«

reden ist silber, schweigen ist sicher

– Berlin. In der S-Bahn.

Eine Interviewerin von der Bahn geht im Waggon umher und befragt Fahrgäste. Sie tritt an einen Mann heran.

Interviewerin: »Dürfte ich Ihnen einige Fragen stellen, dauert auch nur eine Minute?«
Fahrgast: »Nee nee, ick hab gestern bei 'ner Umfrage von meiner Telefongesellschaft mitjemacht, und heute is meine Leitung tot. Wenn ick jetzt bei Ihnen die Umfrage mitmache, is morgen meine Monatskarte weg.«

spruch von der konkurrenz geklaut?

– Frankfurt am Main. Flughafen.

Am Ende des Fluges von Brüssel nach Frankfurt. Nachdem wir endlich wegen schlechten Wetters mit vierstündiger Verspätung in Frankfurt gelandet sind, meldet sich der Pilot aus dem Cockpit:

»Herzlich willkommen mit Verspätung in Frankfurt und vielen Dank, dass Sie mit der Deutschen Bahn gereist sind!«

mit jedem zeigerschlag dem anfall näher

– Bonn. In der U-Bahn.

Ein Opa wartet auf eine der letzten U-Bahnen des Tages nach Köln. Als die Bahn mit viel Verspätung einfährt, zeigt der Opa wild pochend mit dem Finger auf seine Armbanduhr. Die U-Bahn hält, der Fahrer kommt aus dem Führerhaus, geht auf den Opa zu und fragt ihn laut:

»Donnerwetter, neue Armbanduhr?«

jesus christ supermarktstar?

– Losheim. Delhaize-Supermarkt.

Ein Mann mit langem Bart, hanffarbenem Umhang und Birkenstock-Latschen betritt das Geschäft.

Junger Typ: »Guckt mal, da ist Jesus!«
Mann (dreht sich um): »Sorry Jungs, aber ich bin's nicht.«

auf den apfel gebracht

– Ludwigsburg. In einer Apotheke.

Älterer Herr: »Ich bräuchte was fürs Immunsystem.«
Apotheker: »Nebenan ist Markt. Kaufen Sie sich dort 'nen großen Apfel!«

trotz schüssel kein empfang

– Rothenburg ob der Tauber.

In der öffentlichen Toilette im Untergeschoss eines sehr alten Gebäudes mit massiven Steinmauern. Ein Handy klingelt in einer Kabine neben mir.

Stimme: »Hallo? … Was? … Hallo?! … Ich versteh dich nicht! Das kommt hier total abgehackt! … Mist!«
Stimme aus der Nebenkabine: »Dann tu was an deiner Verdauung!«

keine lust auf brust

– Münster. In einem Café.

Eine junge Mutter sitzt mit ihrem Säugling und einer Freundin hinten in einem Café. Das Kind weint fürchterlich. Die Mutter legt ein langes Tuch über die Schulter und legt das Kind darunter an, um es zu stillen. Ein älterer Herr geht durch den Gang.

Älterer Herr (entrüstet): »Muss das denn sein? Hier?«
Mutter: »Was stört Sie denn? Dass ich sie füttere? Ich hab doch extra das Tuch übergelegt, oder können Sie was sehen, was sie anstößig finden?«
Älterer Herr: »Sehen nicht, aber ich weiß doch ganz genau, dass darunter Ihre nackte Brust ist!«
Frau am Nebentisch: »Stellen Sie sich vor, unter meinem Pullover hab ich auch zwei davon.«

gut getimed, schlecht gelaunt

– München-Feldmoching. In der S-Bahn.

Ein älteres Ehepaar schafft es gerade noch so in die S-Bahn Richtung Flughafen, indem sie sich in die Tür zwängt und er mit zwei Koffern im Schlepptau hinterhersprintet.

Sie: »Mei, des woar aber knapp. Wir hättn doch früher losfahrn solln!«
Er (schnauzt zurück): »Des woar ned knapp! Des woar TIMING!«

herzensbrecherin der anderen art

– Wien. Café Sperl.

Zwei ältere aufgetakelte Damen unterhalten sich angeregt und sehr lautstark über die Krankheiten in ihrer Familie.

Dame (laut, schnell und mit schriller Stimme): »MeinMannhatHerzrhythmusstörungenseitwirunskennen!«
Darauf ein zeitungslesender Gast vom Nebentisch:

»Wen wundert's?«

die kennt ihre poppenheimer

– Duisburg-Kaiserberg. Im Kindergarten.

Eine äußerst entrüstete Mutter eines Vierjährigen beschwert sich eines Morgens bei der Leiterin unseres Kindergartens.

Mutter: »Unser Phillip kam gestern nach Hause und hat von ›ficken‹ gesprochen! Das kann er nur hier aus dem Kindergarten haben.«
Kindergartenleiterin: »Unsere Kinder sagen nicht ›ficken‹, die sagen ›bumsen‹!«

nach dem einparken: aus der haut fahren

– Augsburg. Ampel vor dem Hotelturm.

Ein Fahrschulauto steht vor der grünen Ampel. Autos hupen. Plötzlich öffnet sich die Türe, der Fahrlehrer springt aus dem Auto, geht zu dem hinter ihm stehenden Fahrzeug und klopft an die Fahrerscheibe. Als diese sich öffnet, sagt er:

»Kumm geh vor und bring ihras Autofahrn bei … I hup für di weida!«

da sucht jemand anschluss

– Nicaragua. Insel Ometepe.

Zwei Deutsche besteigen mit ihrem Guide einen Vulkan. Sie werden von einem anderen Wanderer ohne Guide überholt, der ihnen im Vorüberlaufen auf Deutsch mit österreichischem Akzent zuruft:

»Warum habt ihr euch denn einen Führer genommen? Wusstet ihr nicht, dass ein Österreicher mit von der Partie ist?«

wo ist mein fluchtfahrzeug?

– Berlin. Flughafen.

Das Flugzeug ist gelandet, die Passagiere steigen aus. Ein Steward eilt auf einen körperlich schwerbehinderten Mann zu.

Steward (näselnd): »Wenn Sie noch fünf Minuten hier warten könnten, dann komme ich und bringe Ihren Rollstuhl mit.«
Behinderter: »Na ick werd Ihnen ohne den Rolli schon nich ausbüxen, Sie Witzbold!«

terrorwaffe teenie-group

– Stuttgart. Flughafen.

Ein Teenie-Mädchen checkt gerade ein.

Mädchen: »Darf ich CDs mit ins Handgepäck nehmen?«
Check-in-Angestellter: »Ja klar ... aber nur wenn's kein ›Tokio Hotel‹ ist. Ich hab deshalb heute schon zwei Leute abgewiesen. Man muss schließlich auch was zur Bewahrung eines ordentlichen Musikgeschmacks beitragen. Meine Kollegin hier zum Beispiel ist da ganz schlimm.«

ticket ins glück

– Zwischen Dortmund und Düsseldorf. In der Bahn.

Fahrkartenkontrolle. Stolz zeigt ein kleiner Junge sein Ticket.

Junge: »Ich hab auch eine Fahrkarte und duuuu musst da ein Loch reinmachen!«

Der Schaffner knipst sein Ticket ab. Der Junge kramt in seinen Hosen und zeigt dem Schaffner zwei weitere Karten.

Junge: »Schau mal, ich hab schon drei Stück!«

Der Schaffner lächelt und drückt dem Jungen noch zwei weitere Karten in die Hand.

Schaffner: »Und nun hast du schon fünf!«
Junge (vor Freude quietschend): »Das Leben ist schööööööön!«

das macht mut

– Bochum. Vor dem Hauptbahnhof.

Exkursion eines Uni-Seminars. Der Fahrer des Reisebusses geht vor dem Start die Sicherheitsanweisungen durch.

Busfahrer: »Und das da oben im Dach ist die Notausstiegsluke. Wenn Sie jetzt denken, da komm ich doch nie hoch, keine Sorge. Wenn der Bus quer im Seitengraben liegt, dann schaffen Sie das auch.«

verloren im universum der personalpsychologie

– Leinfelden. In einer Firma.

Ein paar Kollegen waren am Vorabend im Kino und haben den neuen ›Star-Trek‹-Film gesehen. Der Projektleiter will das zur Motivation nutzen und vergleicht das Projekt mit der Mission des Raumschiffs.

Projektleiter: »Wenn ihr mal überlegt: Was macht diese Crew so erfolgreich?«
Mitarbeiter #1: »Sie engagieren sich.«
Mitarbeiter #2: »Sie sind Spezialisten auf ihrem Gebiet.«
Mitarbeiter #3: »Sie ignorieren die Befehle ihrer Vorgesetzten.«

schlechte manieren für fortgeschrittene

– Nürnberg. In einem Büro.

Die neue Auszubildende telefoniert mit einem nervigen Außendienstmitarbeiter. Dieser redet zehn Minuten ununterbrochen auf sie ein, wobei sie krampfhaft versucht, ihn so höflich wie möglich abzuwimmeln. Der Chef hört das Ganze mit.

Chef: »Zu dem kannst ruhig ein bisschen unhöflich sein wenn er dich nervt.«
Auszubildende: »Unhöflich sein liegt mir nicht. Das liegt nicht in meiner Natur.«
Chef: »Ach, das lernst du schon noch. Arroganz kommt im zweiten Lehrjahr dran!«

speed-wetter

– Im Radio.

Ich bin auf dem Rückweg aus dem Urlaub. Der Moderator im Radio schwärmt gerade von einer seiner Lieblingsbands. Dann:

»... Oh, jetzt hab ich das Wetter ganz vergessen ...«

(Pause)

»... wird warm, ist Sommer.«

ach, leck mich am A-klasse

– Neumarkt. In einem Autohaus.

Ein Kunde (ca. fünfzig) kommt am ›Tag der offenen Tür‹ in ein VW-Autohaus und spricht den Verkäufer an.

Kunde: »Haben Sie auch die Mercedes A-Klasse hier?«

Der Verkäufer geht schnurstracks zum neuen Golf Plus.

Verkäufer: »Ja hier, schauen Sie mal, ganz neu!«
Kunde: »Moment mal, wollen Sie mich verarschen?«
Verkäufer: »Moment mal, wer hat denn damit angefangen?«

der playboy und sein anti-bunny

– Im Zug von Halle nach Magdeburg.

Ein junges Pärchen (ca. 18) sitzt sich gelangweilt gegenüber, bis er einen ›Playboy‹ aus der Tasche zieht und anfängt zu blättern. Sie schaut ihn total erbost an.

Er: »Hey Schatz, da steh'n interessante Artikel drin!«

Sie reißt ihm das Heft aus der Hand und blättert selber darin, während er nur verdutzt zuschaut.

Sie: »Wow, hier ist ein Artikel wie sich ein weiblicher Orgasmus anfühlt!«
Er: »Und, stimmt es zumindest?«
Sie (liest weiter, dann unbeteiligt): »Wie soll ich das denn beurteilen?«

konserviert wird nur auf belauscht.de

– Cottbus. Straße der Jugend.

Nachmittags in einem Dönerladen. Drei rechtsangehauchte und schon etwas betrunkene Personen unterhalten sich.

#1: »... der Karsten, der tut nicht so, der ist richtig dumm. Mit dem kann man keine vernünftige Konservation führen.«
#2: »Konsi was?«
#1: »... naja ... Prost!«

gesucht und nicht gefunden

– Stuttgart. Hauptbahnhof.

Eine Frau läuft den Bahnsteig entlang. Ein Typ kommt auf sie zu.

Er: »Ey sorry, ich such 'ne Freundin.«
Sie (trocken): »Tut mir leid, ich hab keine.«

schwester renate zu kasse fünf bitte

– Düsseldorf. Uniklinik, Blutspendezentrum.

Die Schwester will einem Spender gerade die Nadel in den Arm stechen.

Spender: »Wie üben Sie eigentlich die Ader richtig zu treffen?«
Schwester: »Gar nicht, ich bin nicht von hier. Eigentlich arbeite ich bei Lidl.«

letzte chance des abends

– Berlin. Ostbahnhof.

Nachts am Taxistand.

Taxifahrer: »Wo soll es denn hingehen?«
Fahrgast: »Nach Hause?«
Taxifahrer: »Okay, zu Ihnen oder zu mir?«

gehhilfe schaffner

– München. Oktoberfest.

Wie immer zum Oktoberfest schiebt sich eine breite Masse betrunkener Menschen die Rolltreppe an der U-Bahn-Haltestelle Theresienwiese hinunter, während die noch nüchternen Neuankömmlinge in entgegengesetzter Richtung die U-Bahn verlassen.
Es kommt eine neue U-Bahn an.

Durchsage: »So liebe Leut, jetzt machts ihr den Bahnsteig für die andern frei. Und ihr dies scho hoamgeht – erst den linken Fuß vor den rechten, dann den rechten Fuß vor den linken – und des abwechselnd – des nennt sich dann ›gehen‹.«

die bittere weisheit

– Berlin. Flughafen Tegel.

Sicherheitskontrolle nach dem Check-in am Flughafen Tegel. Routiniert lege ich unter den gelangweilten Augen einer älteren Dame, die vor dem Monitor sitzt, meinen Laptop, Tasche, Handy etc. auf das Band und folge ihrer Bitte, auch noch den Gürtel abzulegen.

Ich (lächelnd): »Hoppla, jetzt rutscht die Hose!«
Sie (trocken): »Junger Mann, wissen Sie eigentlich, wie viele Männer mir das schon versprochen haben, und dann passiert doch nix …«

fußballvision song contest

– Köln. In der Straßenbahn.

Während der WM 2006. Vor der Partie England gegen Schweden.
Eine Horde englischer Fans in der Straßenbahn Richtung Stadion intoniert lautstark den Klassiker ›Three Lions‹.

Fans: »It's coming home, it's coming home, it's coming … Football's coming home …!!!«

In der Bahn sitzen auch schwedische Fans, die weitaus zurückhaltender sind. Plötzlich entsteht eine Gesangspause. Ein Engländer ergreift das Wort und schreit auffordernd in Richtung schwedischer Fans:

»SWEDEN!!! GIVE US A SONG!!!«

(Stille)

Dann, aus der hintersten Ecke der Bahn antwortet eine zarte Stimme und stimmt den unverkennbaren ABBA-Song an:

»Knowing me, knowing you … ah aaa …«

den wsv überlebt sie nicht

– Saarbrücken. Galeria Kaufhof.

Im Kaufhaus wird einer älteren Dame schlecht. Ein Verkäufer hilft ihr, ruft Sanitäter und führt sie zu einem Stuhl. Ein Mann mit seiner kleinen Tochter kommt vorbei.

Tochter: »Papa, was hat die Frau?«
Vater: »Ach, die ist im Kaufrausch.«

die bahn hat meine kindheit versaut!

– München. Im Zug.

Ein Schaffner kontrolliert den Fahrschein einer etwa zwanzigjährigen Frau. Er stellt fest, dass sie eine Kinderfahrkarte besitzt, die für sie nicht gültig ist. Eine Münchnerin (ca. 35) verfolgt die Szene.

Münchnerin: »Da sehens Herr Schaffner, wie lang die junge Frau bei den andauernden Verspätungen schon unterwegs ist.«

neuer jukebox-service bei kaisers?

– Berlin. In einem KAISERS-Supermarkt.

Ältere Frau zu einem Mitarbeiter, der Waren einräumt.

Sie: »Sagen Sie … Senf?«
Er: »Senf.«

flucht vom absatzmarkt

– Bonn. Geox-Schuhgeschäft in der Sternstraße.

Zwei Pärchen (Mitte dreißig) kommen in das Schuhgeschäft. Während die beiden Frauen schon selig auf die Auswahl der Damenschuhe zustürmen, bleiben die beiden Männer im Eingangsbereich stehen. Nach kurzem Zögern gehen sie zum Ausgang und rufen ihren Frauen durch den Laden zu:

»Wir gehen mal kurz in den Handyladen gegenüber! Ihr seid ja hier in artgerechter Haltung.«

ein gut gezapftes bier braucht neun monate

– Berlin. In einer Bar.

Ein sehr beleibter Gast steht am Tresen.

Gast: »Ich bekomme ein Bier.«
Kellnerin (mit Blick auf seinen Bauch und sehr trocken): »Wann ist es denn so weit?«

bevor der shoppinghorror von vorn losgeht

– Wien. Im H&M Mariahilferstraße.

Ich stehe auf der Rolltreppe, hinter mir ein junges Paar (beide ca. 17).

Sie: »Je länger ich das Teil in der Hand halte, umso weniger gefällt es mir.«
Er: »Soll ich's halten?«

er wusste es: blind dates bringen es nicht

– Frankfurt am Main. Alt-Sachsenhausen.

In einer ziemlich vollen Kneipe. Am Nebentisch sitzt ein Blinder mit seinem Hund und trinkt ein Bier. Der Kellner setzt einen Mann mit an den Tisch, welcher den Blinden und den Hund einige Zeit anstarrt. Nach ein paar Minuten hält er es wohl für angebracht, ein Gespräch zu beginnen.

Mann: »Hat der Hund eine Ausbildung?«
Blinder: »Ja, er ist gelernter Industriekaufmann.«

wuffi ≠ tussi

– Wuppertal. In der Schwebebahn.

Neben mir sitzt ein breit gebauter Mann (ca. dreißig) mit dicker Bomberjacke und Kampfhund. Zwei Stationen später steigt eine gut aussehende junge Frau ein. Sie beginnt nach kurzer Zeit den Hund zu streicheln.

Er: »Ey, normalerweise fragt man vorher, ob man den Hund streicheln darf!«
Sie: »Ich liebe Hunde über alles.«
Er: »Ja ey, ich liebe Frauen auch über alles, aber die muss ich auch vorher fragen, ob ich sie streicheln darf.«

mein sohn, das sparschwein

– Heilbronn. In einem Krankenhaus.

Ein Kind hat eine Münze verschluckt und ist gerade geröntgt worden. Der Arzt zeigt dem Vater das Geldstück auf dem Röntgenbild.

Vater: »Und was kann man da jetzt machen?«
Arzt: »Kommt darauf an, wie dringend Sie das Geld brauchen.«

… ob er dabei auch pfeift?

– Neunkirchen. Im Zoo.

Als ich mir die Murmeltiere ansehe, stellt sich ein Murmeltier auf die Hinterbeine und pinkelt lustig in die Gegend. Das kleine Kind der Familie, die neben mir steht, ruft aus seinem Kinderwagen heraus:

»Kuck mal Papa, Pipi machen wie du!«

barth – deutsch, deutsch – barth

– Mannheim. In der SAP Arena.

Zwei Mädchen stehen bei einem Mario-Barth-Event am T-Shirt-Stand.

Mädchen: »Wie fallen die T-Shirts größenmäßig aus?«
Verkäufer: »Kleine Hupen: S, Große Hupen: L.«

gesichtstransplantation zum discounterpreis

– Hannover. In einem Penny-Markt.

Ein neuer Mitarbeiter kassiert von einer Stammkundin.

Kundin: »Oh, ein neues Gesicht?«
Kassierer: »Nö, das habe ich schon lange.«

keiner will ein montagskind

– Voerde.

Vor der abgeschlossenen Tür des Kindergartens stehen wie immer die Eltern Schlange und warten darauf, ihre Kleinen abholen zu können. Als pünktlich um 12.15 Uhr aufgeschlossen wird, drängen alle Eltern auf einmal zur Tür. Ein junges Paar steht abseits. Während sie sich ebenfalls auf den Weg macht, ruft er unüberhörbar:

»Los, Miri, bevor die guten Kinder alle weg sind!«

klassische retourkutsche

– Heide. In einer Filiale der Deutschen Post.

Kurz vor Feierabend.

Kundin: »Der Brief muss schnell ankommen.«
Postbeamtin: »Was heißt schnell?«
Kundin: »Heute noch!«
Postbeamtin: »Sicher … ich spann dann mal die Pferde vor meine Kutsche!«

lektion für den klassenprimaten

– Garching. In der Schule.

Deutschunterricht in der 13. Klasse. Ein Schüler packt eine Banane aus, schält sie und beißt genau in dem Moment genüsslich hinein, als die Deutschlehrerin ihn anschaut. Mit frechem Grinsen auf dem Gesicht und vollem Mund fragt er sie:

Schüler: »Na, Frau Doblenski, woran erinnert Sie das?«
Lehrerin: »An Affen!«

der himmel ist umsonst

– Marl.

Nach der Weihnachtsmesse. Alle strömen dem Ausgang entgegen und lassen etwas Geld in die Kollektekörbe fallen. Hinter mir huscht ein kleiner Junge (ca. acht) geschickt unter dem in Erwachsenenhöhe gehaltenen Korb hindurch. Kaum ist er draußen, reißt er triumphierend die rechte Faust empor und ruft mit Begeisterung in der Stimme:

»JA! RAUSGEKOMMEN OHNE ZU BEZAHLEN!«

so bindet man kunden langfristig

– Düsseldorf. In der Kneipe Engelchen.

Es ist noch früh am Freitagabend, als zwei Mädels (ca. 15) die recht leere Kneipe betreten. Der Wirt tritt an den Tisch um die Bestellung aufzunehmen.

Wirt: »Was darf's denn sein?«
Mädel: »Zwei Jack-Daniels-Cola bitte!«
Wirt: »Alles klar!«

Der Wirt betritt den Bereich hinter der Theke, wischt ein wenig durch und sorgt für Ordnung. Nach ungefähr zwanzig Minuten kommt er nochmal am Tisch der Mädels vorbei.

Sie: »Tschuldigung, ich glaub' du hast unsere beiden Jacky-Cola vergessen.«
Wirt: »Nö, hab ich nicht, ich warte nur bis ihr 18 seid.«

surround bildung

– Koblenz. Saturn im Löhr-Center.

Sohn (ca. elf) und Vater stehen bei den Notebooks und diskutieren.

Sohn: »Ich will so 'n richtig geiles Soundsystem und so!«
Vater: »Soundsystem … buchstabier's erstmal.«

hobby humboldts neuester fund

– Bonn. An einer Bushaltestelle.

Ein ausländischer Mitbürger sitzt neben mir an der Haltestelle. Als ein Eichhörnchen über die Straße läuft, ruft er laut:

»Ey, Nussmäuschen Alter! Nussmäuschen!«

WIRRE WORTE – „EY, NUSSMÄUSCHEN ALTER!“

Was den Menschen von anderen Lebewesen unterscheidet, ist die Fähigkeit mittels komplexer Zeichensysteme mit anderen Exemplaren seiner Spezies zu kommunizieren. Nahezu alles in unserem Leben beruht auf Sprache. Auch das Buch, das Sie gerade in Ihren Händen halten, ist ein sprachliches Produkt – basiert es doch auf dem Gerede Tausender Menschen. So gut es die Evolution mit uns gemeint hat, als sie uns die Fähigkeit zur vielschichtigen Lautäußerung gab, Sprache kann auch ins Leere führen. Oft lässt das Geplapper unserer Gesprächspartner nichts anderes bei uns zurück, als einen ratlosen Gesichtsausdruck. Dies ist besonders dann der Fall, wenn die Sprache, mit der kommuniziert wird, gar nicht existiert. Manchmal mag es daher ratsamer sein, die Stimmbänder unbenutzt zu lassen und auf eine alternative Art der Verständigung auszuweichen. Versuchen Sie es demnächst doch einfach einmal mit Gebärmuttersprache, wenn Sie den freilaufenden Bauern Ihres Vertrauens auf das Nussmäuschen in Che Guevaras Bäumen aufmerksam machen wollen. Viel Spaß mit den wirrsten Worten zwischen Alster und Alpen!

und als nachtisch ein schwarz mit weiß und süß

– Duisburg. In einem Dönerladen am Hauptbahnhof.

Ein Kunde im Dönerladen interessiert sich für das Gewürz, das auf dem Tresen steht.

Kunde: »Entschuldigen Sie, dieses rote Gewürzpulver da, wie heißt das denn genau?«
Verkäufer: »Das is' Scharf!«

oh, du armer konjunktiv!

– Heilbronn. S-Bahn.

Sommer 2008 nach dem EM-Spiel Deutschland gegen Österreich auf dem Heimweg in der S-Bahn. Überall mehr oder weniger angetrunkene Leute. Zwei junge Männer, die ebenfalls schon etwas alkoholisiert sind, fangen an sich zu streiten.

#1: »Ey, Alder, isch BIN dein Erzeuger, wenn deine Mutter nicht so teuer gewesen WÄRE!«

GEZ steht nur für schlechte zeiten

– Halle/Saale. In einem Vodafone-Shop.

Kunde kommt mit einem Handy in den Laden.

Kunde: »Ich will mein Handy abgeben!«
Verkäufer: »Warum?«
Kunde: »Weil ich dafür jetzt GZSZ-Gebühren zahlen soll.«

p-c-m ...? ach, l-m-a-a!

– Berlin. Saarbrücker Straße.

In einem Handy- und Computergeschäft berät der Verkäufer eine junge Kundin.

Er: »Also, da brauchen Sie eine PCMCIA-Karte.«
Sie: »Was für ein Ding?«
Er: »Am besten, Sie schreiben sich das auf. P-C-M-C-I-A.«
Sie (schreibt mit, versteht aber nicht): »Waaas?«
Er: »Paula-Cäsar-Martha-Cäsar-Ida-Anton.«
Sie (verärgert): »Können Sie vielleicht mal aufhören, sinnlos Wörter aneinanderzureihen?«

alles auf rot?

– Büren-Steinhausen. In einem Dönerladen.

Kunde: »Was für Soßen habt ihr?«
Dönermann (auf die Soßen zeigend): »Die rote, die eine und die andere.«

die schattenseiten der biowelle

– Stralsund. Auf einem Spielplatz.

Kleines Mädchen: »Meine Mama kauft nur die Eier von freilaufenden Bauern.«

sie plant wohl eine familienzusammenführung

– Trier. In einem Rewe-Supermarkt.

Eine aus Russland stammende Frau geht zwischen den Regalen hin und her. Offensichtlich ist sie auf der Suche nach Eiern. Plötzlich kommt sie auf die Idee, die Kassiererin zu fragen. Sie schnappt sich ein gefrorenes Hähnchen und geht zur Kasse.

Kundin: »Das ist Mutta! Wo sind Kienderrrrr?«

auweia, die eier sind los

– Langeoog. Auf dem Markt.

Mann beim Einkauf auf dem Markt an der Hauptstraße.

Mann: »Sind das Eier aus Käfighaltung?«
Marktfrau: »Nee, wir haben nur freilaufende Eier!«

ein bisschen IQ zum frühstück schadet nie

– Kiel. Am Opernhaus.

In einem Bus unterhalten sich zwei Mädels (ca. 14) über die Möglichkeiten einer Gehirntransplantation. Schließlich entsteht daraus folgende erstaunliche Feststellung:

Mädel: »Wenn ich dein Gehirn esse, dann hast du einen IQ von null … (nachdenklich) aber dann bin ich ja keine Vegetarierin.«

er sucht: ›richtig fragen für anfänger‹

– Hamburg. In einem Buchladen am Hauptbahnhof.

Kunde (zu Buchhändlerin): »Servus, ich suche ein Buch, haben Sie das da?«

der dativ ist dem genitiv sein tod – live teil 2

– Dortmund. In einem Elektronikgeschäft.

Das Geschäftstelefon klingelt und eine Verkäuferin (Mitte vierzig) nimmt das Gespräch an. Sie ruft daraufhin laut durch den gut mit Kunden gefüllten Laden.

Verkäuferin: »Herr Sandemann … Telefon für Ihnen!«
Verkäufer (sichtlich genervt): »Für … SIE!«
Verkäuferin: »Nein nicht für mich, für IHNEN!«

pränatale breaking news

– Köln-Porz. In einer Regionalbahn.

Im Abteil hinter mir sprechen zwei junge Damen (Anfang zwanzig) über Nachrichtensendungen im Fernsehen.

#1: »Hey, in 3sat läuft ›Heute‹ und ›Tagesschau‹. Da wird eine Frau eingeblendet, die das in Gebärmuttersprache übersetzt.«

einmal alles mit ohne

– Lancken-Granitz. Ostseebad Binz.

Ein Paar sitzt im Eiscafe und bestellt.

Sie: »Ich hätte gerne ein kleines gemischtes Eis: nur Vanille.«

passend zum inneren look

– Meppen. Bistro Satchmo.

Vorm Café sitzend erzählt eine Frau (ca. dreißig) ihren Eltern Neuigkeiten über einen gemeinsamen Bekannten:

»Der schreibt ja jetzt Gedichte. Über innere Gefühle und so.«

es folgten marschkoch, warmleuchter und vollnepp

– Coburg. In einem Garten.

Der vierjährige Sohn meiner Freundin gehört im Kindergarten zu den ganz Coolen. Wir sitzen gemütlich im Garten zusammen, trinken Kaffee und quatschen.

Sohn (quengelnd): »Papa, spiel Fußball mit mir!«
Papa: »Nö, jetzt wollen sich die Erwachsenen mal unterhalten, du musst heute allein spielen.«
Sohn (zieht einen Flunsch): »Och MAAAAAANNNNNN, jetzt spiel endlich Fußball mit mir!«
Papa: »Nein heißt nein!«

Der Kleine wird wütend, stampft mit dem Fuß auf, zeigt dem Vater den Stinkefinger und schreit ihn an:

»DU MIXER!!!«

auf den keks gegangen

– Dortmund. In einem chinesischen Restaurant.

Am Nachbartisch eine Familie mit zwei Töchtern (15 und fünf). Die Ältere liest den Zettel ihres Glückskekses vor.

Jüngere: »Heißt das Glückskeks, weil du Glück hast, dass da nicht draufsteht, dass du doof bist?«

bei personalmangel: multiple persönlichkeiten

– Meppen. Bei einem Optiker.

Die Verkäuferin vertröstet einen Kunden, dessen Brille repariert werden soll:

»Heute Nachmittag wär's besser, dann bin ich zu zweit.«

messing with the words

– Köln. RE5 Richtung Düsseldorf.

Durchsage des Schaffners:

»Nächster Halt: Köln/Messe-Deutz.«

(Pause)

»Next stop: mess of Cologne.«

guten tag, guten tag, ich will meinen sprachschatz zurück!

– St. Wendel. In einem Globus-Supermarkt.

An der Kasse. Kunde kommt zur Kassiererin.

Kassiererin: »Guten Tag.«
Kunde: »Guten Tag.«

Die Kassiererin zieht die Waren über das Band.

Kunde: »Ich bezahle mit EC-Karte.«

Die Kassiererin druckt den Beleg aus und gibt dem Kunden den Stift zum Unterschreiben.

Kassiererin: »Guten Tag.«

Kunde schaut sie verdutzt an.

Kassiererin: »Ich meinte ›Hier bitte unterschreiben‹. Ich habe die Sätze vertauscht.«

immer diese modenamen!

– Berlin. Tempelhofer Damm.

Ein kleines Mädchen bemerkt eine Jugendliche, die an einer Hauswand lehnt und offensichtlich auf jemanden wartet. Das Mädchen läuft auf sie zu.

Mädchen (lautstark): »Was machst du denn da?«
Jugendliche: »Ich warte hier auf meinen Vater.«
Mädchen (denkt kurz nach): »Heißt der auch Papa?«

die betonwüste lebt!

– Düsseldorf. Krefelder Straße.

Eine Mutter sitzt mit ihrem Kind vor dem Fernseher. Im Fernsehen ist eine Kuh zu sehen, das kleine Mädchen (ca. drei) kommentiert.

Kind: »Mama! Da ist eine Kuh!«
Mutter: »Ja, das ist 'ne Kuh!«
Kind: »Die Kuh macht muh!«
Mutter: »Richtig.«
Kind: »Der Hund macht wau wau!«
Mutter: »Jap.«
Kind: »Die Katze macht miau und die Maus macht piep piep … die Eisenbahn macht tuff tuff und … und … Mama, was macht denn der Mensch?«
Mama: »Blabla.«

der weg ist das ziel

– Leonberg. Belforter Platz.

Ein älterer Herr steigt in den Bus ein.

Älterer Herr: »Jaa grüß Gott, san Sie der Sindelfingerbus?«
Busfahrerin: »Nee, ich bin die Frau Meier.«
Älterer Herr: »Ja mei, freilich. Ja, dann fahret se nit übers Sterncenter?!«
Busfahrerin: »Nein, weder übers, noch ans Sterncenter. Sie können aber mit diesem Bus an den Bahnhof, und von dort nach Sindelfingen fahren.«
Älterer Herr: »Ja, und nach Eltingen?«
Busfahrerin: »Sie sind so gut wie in Eltingen. Schauen Sie, da verläuft ungefähr die Grenze. Wollen Sie denn jetzt an den Bahnhof fahren?«
Älterer Herr (verwirrt): »Ha noi, i bleib lieber in Leonberg. Tschüssle dann!«

vive la … kaugummizählen!

– Welzheim. In einer Tankstelle.

Der Chef der Tankstelle wartet auf die Arbeitskräfte, die heute die Inventur machen sollen und extra dafür eingestellt wurden. Es fehlt noch eine Mitarbeiterin. Diese (eine junge, gestylte Frau) stürmt herein, eilt auf den Tankstellenchef zu und sagt:

»Entschuldigung wegen der Verspätung. Ich komme zur Revolution.«

potato-perversitäten

– Köln. In einem Restaurant.

Am Nebentisch genießt ein junges Pärchen das herzhafte Essen. Er hat den Kartoffelauflauf verputzt, lehnt sich entspannt zurück und bemerkt wohlwollend:

»Bin ich voll … DAS war aber auch ein echt guter Einlauf!«

sie wollte nur mal drüber reden

– München-Schwabing. Bonner Platz.

Meiner Freundin und mir kommt auf der Straße eine etwas verloren wirkende Frau entgegen. Sie spricht uns an.

Frau: »Kennen Sie sich hier etwas aus?«
Freundin: »Ja schon.«
Frau: »Ach, dann lieber nicht.«

tuff, tuff, doof, die eisenbahn

– Köln. Bahnhof Ehrenfeld.

Zwei ca. 17-jährige Mädels sitzen am Bahnhof und warten. Durchsage: »Auf Gleis 3 fährt ein Regionalbahn RB4510.«

Das Mädel neben mir: »Die sind doch doof, das heißt doch ›einE‹ Regionalbahn.«

wird mal zeit für 'ne frau

– Hamburg. In einer S-Bahn.

Zwei Informatikstudenten unterhalten sich über eine Klausur.

#1: »Er stellt zehn Fragen. Nur sechs Minuten für jede Antwort!«
#2: »Zeitminuten?!«

männerfreundschaften: namen sind wurst

– Heide. Himmelreichstraße.

An einem Grillimbiss. Der Bratwurstmann begrüßt einen Kunden, den er anscheinend häufiger an seiner Bude sieht.

Bratwurstmann: »Hallo Klaus!«
Kunde: »Hallo Andreas!«
Bratwurstmann: »Aber Klaus, ich heiße doch Alexander!«
Kunde: »Ich heiße ja auch eigentlich Karsten.«

dönermann, der nix rechtschreibung kann

– Rostock. An einer Dönerbude.

Kunde: »Wir hätten gerne zwei normale und einen vegetarischen Döner.«

Kurz darauf hat der Verkäufer alles fertig und in Alufolie verpackt. Damit wir auch wissen, welches der vegetarische ist, macht er uns einen Vorschlag:

Verkäufer: »Bei wegetarisch schreib isch ›W‹ drauf!«

traumfrau oder traumwelt

– Bremen. Straßenbahn Linie 4.

Zwei Jungs mit Migrationshintergrund unterhalten sich über ein Mädel.

#1: »Alda, ich habe die so in die Herz gesaved. Ohne Scheiß, die ist Traumfrau.«
#2: »Wie Traumfrau? Isch dachte, die ist echt?«
#1: »Die ist echt, Alda. Traumfrau sagt man so bei den Kartoffeln.«
#2: »Versteh ich nicht. Wie kann sein, dass Frau in echt Traumfrau ist.«
#1: »Alda keine Ahnung. Hast du was zu kiffen?«

auch ohne zwiebeln zum heulen

– Oberhausen. An einer Dönerbude.

Typ: »Zweimal komplett und einmal ohne Zwiebeln.«
Dönermann: »Alles klar.«

Die Döner sind fertig und der Dönermann schreibt auf eine Folie ›O.S.‹.

Typ: »Tschuldigung, was soll das ›O.S.‹ denn heißen?«

Der Dönermann dreht sich um, guckt böse und sagt: »Hast du gesagt OHNE SWIEBELN!!!«

das lernen sie dann im einführungskurs

– Hamburg-Bergedorf. Alte Holstenstraße.

Zwei Mädels (ca. 13) laufen an mir vorbei.

#1: »Gibt's eigentlich nur Analsex oder auch Banalsex?«
#2: »Weiß ich auch nicht.«

bestellung mit salamitaktik

– Mannheim. Tengelmann in der Steubenstraße.

An der Wursttheke.

Frau mittleren Alters: »Bitte geben Sie mir 100 Gramm Salami. Aber lieber etwas weniger mehr, als mehr mehr.«

allein unter frauen

– Nübbel. In der Grundschule.

Erstklässlerin zur Lehrerin: »Du, Frau Köhler, hier fangen alle Lehrer mit Frau an, außer Herr Eberhardt!«

aus der rippe geschnitten?

– Bonn. An einer Bushaltestelle.

Zwei junge Frauen unterhalten sich über ihre Kindheit.

#1: »Ich bin mit fünf Jahren amputiert worden!«
#2: »Oh, das tut mir aber leid!«
#1: »Nee, nicht schlimm … ich hab meine leibliche Mutter ja nie kennengelernt!«

die anwaltskanzlei: spannender als jurassic park

– Mönchengladbach. In einer Anwaltskanzlei.

Ich sitze beim Rechtsanwalt im Wartebereich. Die superhochnäsige Anwaltsgehilfin schreibt gerade mit Hilfe eines Diktiergerätes einen Brief.

Der Text läuft ab: »... und ich schlage vor, wir forcieren ...«

Sie schaut fragend und spult das Gerät zurück.

»... forcieren ...«

(Wieder zurück und lauter)

»... FORCIEREN ...«

Das Ganze läuft so noch so sieben- bis achtmal, dann ruft sie ihre Kollegin an.

Anwaltsgehilfin: »Kommst du mal eben?«

Die Kollegin kommt, das Gerät wird wieder abgespielt.

»... FORCIEREN ...«

Anwaltsgehilfin: »Weißt du, was der möchte?«
Kollegin: »Ja, er möchte die Sache forcieren.«
Anwaltsgehilfin: »Was ist das denn?«
Kollegin: »Etwas vorantreiben, beschleunigen.«
Anwaltsgehilfin: »Hä, ich dachte das sind tote Dinosaurier?!«

grammaddisch nisch rischdisch

– Hamburg-Altona. In einem Bus.

Zwei Mädels in Jogginghosen sitzen hinter mir. Sie reden über ihre Klassenfahrt, es geht um einen Lehrer.

#*1:* »Ey, und dann hat der misch gefragt: ›Was hat disch gefallen und was hat disch nisch gefallen?‹«
#*2:* »Ja und?«
#*1:* »Hab isch gesagt: ›Ja alles. Alles hat misch gefallen.‹ Hat der misch gefragt: ›Und was hat disch nisch gefallen?‹«

(Kunstpause)

#*1:* »Hab isch gesagt: ›DISCH! Disch hat misch gar nisch gefallen!‹«

viva la baumschule!

– Berlin. In einer Schule.

Auf dem Pausenhof unterhalten sich zwei Jungs (beide ca.16):

#*1:* »Ey ey, kennst du Che Guevara?«
#*2:* »Hmm ... (ganz ernst) war der für Juden und so?«
#*1:* »Nein Mann! Der war für Bäume und so!«
#*2:* »Ach so, für den Wald und so? Na, den kenn ick, der ist doch voll gut, wa?«

das kind nicht beim namen genannt

– Bad Oeynhausen. In einem H&M.

Eine Mutter ist mit zwei kleinen Kindern beim Einkaufen. Die Kinder beschäftigen sich zunächst alleine. Dann rennt das Mädchen zu seiner Mutter und beklagt sich:

Mädchen: »Der Junge kommt nicht!«
Mutter: »Na, wie heißt der?«
Mädchen: »Weiß ich nicht.«
Mutter (belehrend): »Er heißt Farian!«
Mädchen (brüllt durch den Laden): »FAAABIAAAAAN!«
Mutter: »Nein. Nicht FaBian. R!«
Mädchen: »FAAAABIAAAAN … R!«

… später diskutierten sie in der geschlossenen weiter

– Hannover. In einer Firma.

Eine Stunde nach Feierabend. Unsere Führungsebene möchte noch etwas diskutieren und hat ein Meeting anberaumt. Mitten im Meeting kommt es zu folgendem Dialog zwischen den beiden Abteilungsleitern:

Chef #1: »Wenn wir den Schneehaufen nicht vor uns herschieben können, müssen wir halt drüberspringen!«
Chef #2: »Aber da schmilzt ja selbst der Zucker in der Pfanne!«
Chef #1: »Ja, das stimmt. Aber ich sage Ihnen, es geht nur top down und DANN bottom up.«

mayday! sprache totally am end

– Flughafen Köln-Bonn.

Die letzten Reisenden besteigen gerade das Flugzeug. Eine Stewardess erkundigt sich bei ihrer Kollegin:

»Sin wir jetz ready für die Tür zuzumachen?«

eine busfahrt am stück bitte!

– Göppingen. In einem Bus.

Oma: »Einmal Jebenhausen bitte!«
Busfahrer: »Im Ganzen oder geschnitten?«
Oma: »WAS? EIN MAL JE-BEN-HAU-SEN BITTE!«
Busfahrer: »Jaaa, ich weiß doch, das war ein Witz!«

als antwort gab es eine umarmung

– Bern. Am Bahnhof.

Einige Personen führen die Aktion ›Free Hugs‹ durch, bei der Passanten gratis Umarmungen bekommen. Eine ältere Dame kommt dazu und fragt ganz neugierig:

»Wer sind denn diese Hugs, die ihr befreien wollt?«

wir müssen nur wollen

– Stuttgart. Bäckerei in der Vaihinger Straße.

Mutter und Kind (ca. fünf) vor der Verkaufstheke. Die Mutter verlangt ganz ruhig nach Brötchen, Brot und Brezeln. Das Kind kräht immer wieder dazwischen.

Kind: »Ich will eine Brezel, ich will eine Schneckennudel, ich will das da, ich will ein Eis!«
Mutter (hörbar genervt): »Das heißt: Ich möchte! Nicht: Ich will!«

(Kurzes Schweigen)

Kind (ganz laut): »Ich möchte, was ich will!«

rien ne va plus in hösbach

– Aschaffenburg.

An der Haltestelle City Galerie steigt ein Mädchen (ca. 17-19) in den Bus nach Hösbach ein.

Mädchen: »Einzelfahrt Erwachsene bitte!«
Fahrer: »Wohi?«
Mädchen (schaut verdutzt): »Oui!«
Fahrer: »Wohii?«
Mädchen: »Ja!«
Fahrer: »Aja WOHII dann?«
Mädchen: »Ach so … nach Hösbach!«

abgekühlte arbeitsatmosphäre

– Gifhorn.

Eine Durchsage im Real Markt:

»Ein Mitarbeiter bitte in die Tiefkühltruhe!«

SCHLECHTE IDEEN – „EIN MITARBEITER BITTE IN DIE TIEFKÜHLTRUHE!"

›Deutschland – Land der Ideen‹. Ein Slogan, so angenehm wie ein kühles Bier. Dass Ideen zuweilen äußerst schlecht sein können, beweist das nächste Kapitel. Es zeigt eine Realität fernab aller Patentämter und Think-Tanks. Mit deutscher Gründlichkeit steuern unsere Mitbürger hier vor allem Fettnäpfchen und Fallgruben an. Ob Kastration an der Kasse, Verhütung mit Salzwasser oder das unmoralische Angebot an die eigene Mutter: Manche Einfälle sind so fatal, dass wir nur hoffen können, dass sie niemals realisiert wurden und die Akteure dieses Kapitels mit dem Schrecken davonkamen. Willkommen im Reich der schlechten Ideen!

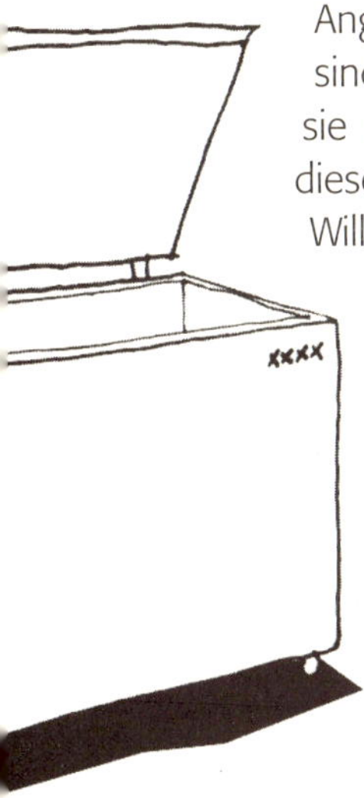

frisch vom gockelbaum

– Oberhausen. In einem Restaurant.

Gast: »Haben Sie denn auch ein Gericht für Vegetarier?«
Bedienung: »Aber natürlich! Für Vegetarier haben wir Hähnchen.«

dr. löt auf wilder mission

– St. Goar-Oberwesel. Krankenhaus.

In der Klinik wird eine Behandlung an der Wirbelsäule durchgeführt, die sich Facetten-Infiltration nennt. Der entzündete Nerv wird dabei mit Medikamenten ruhiggestellt. Eine ältere Patientin möchte ihrer Krankengymnastin erklären, dass sie deshalb für diesen Tag alle anderen Behandlungen absagen müsse.

Ältere Patientin: »Sie können meine heutigen Termine streichen, der Doktor höchstpersönlich wird mir gleich die Rosette veröden!«

aus: 100 arten ein feuer zu löschen

– Gescher. In der Wohnung einer Freundin.

Typ #1: »Weißt du noch, als wir bei Stefan das Feuer ausgekotzt haben?«
Typ #2: »Ja klar, Mann. Ey, das war soooo männlich!«

dem gespräch das genick gebrochen

– Oldenburg. Am Busbahnhof.

Eine junge Frau sitzt im Bus, ein Mann im etwa gleichen Alter setzt sich ihr gegenüber hin.

Sie (schaut ihn an): »Mensch, dich kenn ich doch irgendwo her … Hab ich dich nicht mal vom Liegestuhl geschubst, als du zwei gebrochene Arme hattest?«
Er (in trockenem Ton): »Jaaaa.«
Sie (nachdenklich): »Das war jetzt kein guter Konversationsansatz, oder?«
Er (wieder trocken): »Nein.«

Schweigen für den Rest der Fahrt.

erika und die eier

– Stuttgart. Bauernmarkthalle am Vogelsang.

An einem langen Stand mitten in der belebten Halle ruft eine Verkäuferin einer Kollegin am anderen Ende des Standes, so dass es in der ganzen Halle zu hören ist, zu:

»Erika, zieh dem Herrn mal die Eier ab!«

mein fax macht faxen

– Dresden. In einem Büro.

Eine ältere Kollegin will die Bestellung für den nächsten Tag von der Filiale an das Hauptgeschäft faxen. Die Kollegen im Hauptgeschäft wundern sich, dass sie das gleiche Fax von ihr immer und immer wieder bekommen. Sie rufen an, um sich nach dem Grund dafür zu erkundigen.

Ältere Kollegin: »Na, das is doch nich bis zu euch gekommen. Das kam bei mir immer wieder raus.«

wenn's mal wieder länger dauert

– Gerlos. In einer Liftstation.

Morgens an der Liftstation. Die Schlange wird trotz der ermahnenden Durchsagen der Seilbahnangestellten immer länger. Dann folgende Durchsage:

»Um die Wartezeiten zu verlängern, bitten wir Sie, in die Gondeln einzeln einzusteigen!«

know your foe

– Berlin. Fuggerstraße.

Während des ›Folsom Europe 2008‹ (ein Leder-Fetisch-Festival).

Stimme aus der Menge: »Darf ich dir vorstellen? Der Grund deiner Eifersucht!«

den stinkefinger gezeigt

– Ibbenbüren. In einem Kino.

Ein Junge (ca. sieben) und seine Schwester (ca. neun) gehen zur Toilette des Kinos. Nach ein paar Minuten kommen sie aus den verschiedenen Räumen heraus. Das Mädchen schnuppert dabei immer wieder an seinen Händen. Daraus entsteht folgender Dialog:

Er: »Was machst du denn da?«
Sie: »Die Seife duftet aber gut.« (Hält ihrem Bruder die Hände unter die Nase.)
Er: »Stimmt.« (Hält ihr wiederum die eigenen Hände unter die Nase.)
Sie: »Die Seife riecht aber eklig!«
Er: »Ich hab mir die Hände auch gar nicht gewaschen.«

kondome schützen

– Duisburg. An einem Bankautomaten.

Ein Vater zieht am Bankautomaten Geld. Sein Kind (ca. sieben) rennt weg.

Vater: »Leon, komm sofort wieder her, aber dalli.«
Kind: »Niemaaals, du alter Sack!«

der kunde hat rabatt satt

– Hofheim. In einer Bäckerei.

Ein Kunde steht an der Theke und bestellt.

Kunde: »Guten Tag, vier Brötchen bitte!«
Bedienung: »Also fünf …«
Kunde: »Wieso fünf?«
Bedienung: »Ist gerade Rabattaktion: Fünf Brötchen zum Preis von vier!«
Kunde: »Dann nehm' ich drei.«

knofi vs. achselscheiß

– Neuss. Auf einer Kegelbahn.

Es findet ein Treffen einiger User eines Internetforums statt. Einer in der Gruppe bestellt Pizza.

#1: »Bestellt noch jemand von euch Pizza mit Knoblauch? Ich will nicht der Einzige sein, der stinkt!«
#2: »Ich bin auf einem Internet-Treffen. Ich ging davon aus, dass jeder hier stinkt!«

die bahn … kommt, das bier auch

– Heidelberg. Hauptbahnhof.

Morgens um 6:57 Uhr im ICE. Durchsage kurz nach der üblichen Begrüßung:

»Gerne würde ich Sie auch in unserem Bordrestaurant begrüßen, wo Sie schon mal mit einem kühlen Bier ins Wochenende starten können.«

Mann mit Anzug und Laptop neben mir schüttelt den Kopf und murmelt:

»Um sieben Uhr morgens?«

sparringspartner kummerkasten

– Essen. In einer Straßenbahn.

Ein Junge (ca. 13) rumpelt gegen die Gegensprechanlage für Notfälle in der Bahn. Diesen Zusammenprall kann er nicht ohne Aggression auf sich sitzenlassen.

Junge: »Scheiß Kasten, fick deine Mudder!«

obergäriges brot

– Leverkusen. Neukauf Opladen.

In der Bäckerei.

Kunde: »Könnse mir ein Brot empfehlen?«
Verkäuferin: »Also, im Angebot ist grade das Monheimer Altbierbrot.«
Kunde: »Gibbet dat auch mit Kölsch?«

dumm-dumm-geschoss

– Im Auto auf dem Weg nach Bonn.

Mann rülpst.

Er: »Hoppla, gerülpst.«
Sie: »Wer?!«
Er: »Das hier ist ein Zweisitzer … was glaubst DU???«

ach, smalltalk wollten sie?

– Uelzen. Am Hammersteinplatz.

Im Bus. Eine ältere Frau drängt der vor ihr sitzenden Frau mitsamt Enkelkind (ca. acht) ein Gespräch auf. Die Zuhörerin wirkt sichtlich genervt, lässt aber höflich die Erzählungen über sich ergehen.

#1: »Ja … Mein Mann ist ja auch schon lange tot.«
#2: »Oh … Das tut mir leid.«
#1: »Ja … Kam auch ganz plötzlich. Wir saßen abends vorm Fernseher. Und dann ist es passiert. War nicht schön …«

Die Dame beginnt sehr detailliert zu erklären, wie ihr Mann ums Leben kam, so dass auch einige andere Mitfahrer inzwischen große Augen machen.

#2: »Also hören Sie mal! Ich möchte so was jetzt nicht hören! Und mein Enkel ist auch noch zu jung für so was!«

Betretenes Schweigen. Offensichtlich sucht die Oma nach einem neutraleren Thema und deutet schließlich nach draußen.

#1: »Ach ja … Der Billigladen dort … Da ist ja auch alles so billig …«

im kleinen schwarzen in die schwarzen zahlen?

– Dreieich-Sprendlingen. Am Empfangstresen eines Softwareunternehmens.

Der Börsengang unserer Firma steht kurz bevor. Am Empfangstresen werde ich unfreiwillig Zeugin des folgenden Dialogs zwischen der Empfangssekretärin und einem um Smalltalk bemühten Kollegen:

Kollege: »Jaja, noch eine Woche, dann gehen wir an die Börse …«
Empfangssekretärin: »Ich weiß überhaupt nicht, was ich da anziehen soll.«

es stinkt was am fischmarkt

– Hamburg. Fischmarkt.

Sonntagmorgen in aller Herrgottsfrühe. Eine Durchsage auf dem Fischmarkt:

»Sehr geehrte Besucher des Fischmarkts, hier spricht die Marktleitung. Wir möchten darauf hinweisen, dass sich Taschendiebe auf dem Marktgelände befinden. Bitte achten Sie auf Ihre Wertgegenstände. Die Taschendiebe werden aufgefordert, den Markt umgehend zu verlassen.«

3 in 1: bistromann, macgyver, ironman

– Ingolstadt. Im Regionalexpress nach München.

Silvester, am Nachmittag. Zwei aufgestylte Tussis fahren vom Land nach München. Während sie das ganze Abteil mit lauter Handymusik beschallen, unterhalten sie sich über ihre Silvesterpläne. Der Bordbistromann kommt vorbei.

#1: »Ey, hier, ich brauch 'ne Bifi!«
Bordbistromann: »1,50 bitte. Wo geht's denn hin heute Abend?«
#2: »Ins Sheraton nach München.«
#1 (stolz): »... Silvester-Gala.«
Bordbistromann: »So was is teuer, ne?«
#2: »250 Euro, aber is ja nur einmal im Jahr, ne?«
Bordbistromann: »Ich war schon mal im Sheraton, ich geb euch 'nen Tipp. Nix aus dem Kühlschrank trinken, das is teuer wie die Sau.«
#1: »Echt?«
Bordbistromann: »Ja, kauft euch bei Aldi 'ne Flasche Wasser und stellt die da in den Kühlschrank.«
#2: »Super Tipp, danke.«
Bordbistromann (todernst): »Und noch was. In den Zimmern gibt's Bügeleisen. Da könnt ihr alles mit warmmachen. Ja nix zu essen kaufen da! Ihr zahlt euch sonst dumm und dämlich! Kauft euch beim Metzger ein Steak und Toastbrot und dann bratet ihr euch das mit dem Bügeleisen. Also dann, guten Rutsch!«

gelb, gelb, gelb sind alle meine kleider!

– Bremen. Im McDonald's in der Bahnhofstraße.

Ein kleiner Junge (ca. fünf) kommt bei McDonald's aus der Toilette.

Wartender Papa: »Na, hast du dir auch brav die Hände gewaschen?«
Der Kleine: »Ne Papi, brauch ich nicht, hab ja meine Handschuhe angelassen ...«

alles auf doof

– Bad Zwischenahn. In einem Spielcasino.

Zwei Gäste (ca. fünfzig) spielen am American Roulette. Die zuletzt gefallenen Zahlen sind die 3 und die 6.

#1: »3 mal 6 sind 24!«

... und setzt fünf Chips auf die 24 während die Kugel ihre Runden dreht. Die Kugel fällt.

Croupier: »18 rot.«
#2: »Wenn du wenigstens rechnen könntest!«

vielleicht sollte er jemanden fragen, der sich mit so was auskennt

– Essen. Berliner Platz.

Zwei Jungen (ca. zwölf) unterhalten sich an der Bushaltestelle über das Verhalten ihrer Lehrer. Zwei Türken (ca. 25) kommen auf die beiden zu. Einer fragt sie:

»Ey sorry, wo is denn hier der Puff in Essen?«

wie man an seinen eigenen guten ratschlägen scheitert

– Ittlingen.

Bei einem Kinderfußballturnier steht ein Vater mit seinem Sohn (ca. fünf) an der Kasse und bestellt.

Vater: »Eine Cola und für mich … hm … habt ihr auch Bier?«
Kassiererin: »Ja klar, kostet 1,80 Euro.«
Vater: » Ach … nee … ist irgendwie auch scheiße, Alkohol trinken vor den Kindern.«
Kassiererin: »Vor allem ist es scheiße, vor den Kindern scheiße zu sagen!«

ein sack henkersmahlzeit bitte

– Gevelsberg. Im Praktiker.

Eine ältere Dame (ca. siebzig) geht auf eine junge Verkäuferin zu und fragt diese:

»Entschuldigung Fräulein, fällt Rattengift unter Tiernahrung?«

der kleine sherlock spanner

– Osnabrück. In der Damentoilette eines Kaufhauses.

Eine Mutter wartet mit ihrem kleinen Sohn (ca. vier) auf das Freiwerden einer Kabine. Hinter einer der verschlossenen Türen erleichtert sich gerade eine Dame. Plötzlich schmeißt sich der Junge zu Boden, steckt den Kopf unter der Tür hindurch und ruft:

»WER DUSCHT DENN DA?«

zweimal verdaut hält besser

– Köln-Lövenich. In einem Aldi.

Frau zu ihrem Begleiter:

»Du, die probiotischen Joghurts waren doch die mit Stuhlgang, oder?«

solange sie nicht ›slut‹ hört ...

– Wachenheim. Während des Schul-Wandertags.

Drei Schülerinnen (3. Klasse) singen ihrem Lehrer ›Wenn alle Männer Mädchen wären‹ von den ›Ärzten‹ vor.

Lehrer (lachend): »Und ihr hört schon ›Die Ärzte‹?«
Eine Schülerin: »Ja, ich hör ›Die Ärzte‹, weil ich später auch Ärztin werden will.«

roll on, baby!

– Bei Hannover. Im Zug von Göttingen nach Bremen.

Der Vierersitz vor mir im überfüllten IC ist mit vier lautstark redenden Frauen besetzt. Sie erzählen sich gegenseitig private Kurzgeschichten und lachen dabei. Das halbe Abteil hört dem Geschehen zu.

#1 zu #2: »Kennst du eigentlich Utas Geschichte mit dem Deo-Roller?«
#2 (neugierig): »Davon habt ihr mir noch gar nichts erzählt!«

Eine der Frauen, augenscheinlich besagte Uta, wird sichtlich rot und immer kleiner.

#3: »Was soll denn schon groß mit einem Deo-Roller passieren?!«
#1: »Wenn man sich nackt draufsetzt ...«

zweidimensionales denken

– Köln. Im IKEA Köln-Godorf.

In der Abteilung, in der man verschiedene Schreibtischplatten und Tischbeine selbst kombinieren kann, sind Mutter und Tochter zugange.

Tochter: »Ey Mama, die Platte hier is doch geil, un da nehmen wa einfach hier die Beine für.«

Die Mutter guckt sich Platte und Tischbeine genau an, liest die Artikelbeschreibungen durch und sagt: »Nää Kind, kannste knicken. Die passen nich. Der Tisch is ja 80 tief und die Beine nur 75 hoch, da fehlen 5 cm!«

eine stufe unter faber-sekt

– Altötting. Im Marktkauf.

Eine Frau sucht sich etwas aus dem Süßigkeitenregal aus. Sie will dem Gastgeber eine kleine Aufmerksamkeit mitbringen und greift zu einer Packung ›Merci‹.

Mann: »Wieso willst du denen auch noch was mitbringen? Die nerven mich sowieso dermaßen, dass ich denen am liebsten gar nix mitbringen möchte.«

(Pause)

»Und wenn ich denen was mitbringen würde, dann wäre es Senf, dass sie auch genau merken, was ich von ihnen halte!«

nachbars sprache schwere sprache

– Zürich. Im Zug.

Ich sitze im Zug nach Zürich, als sich zwei junge Männer mit Skaterbekleidung neben mich setzen.

#1: »Hei, weißt du was?«
#2: »Nö.«
#1: »Ich habe eine Freundin, die kann mongolisch. Hab's mal gehört, klingt echt wirr. Sie behauptet, es sei die schwerste Sprache der Welt.«
#2: »Alter, das kannst du gleich vergessen! Weißt du, was die schwerste Sprache der Welt ist? Polnisch! Denn egal was du sagst, es ist nie das, was du denkst.«

er braucht 'ne brille mit bremsfallschirm

– Schneeberg. Beim Optiker.

Am Samstagabend auf einer Party springt ein Freund mit Anlauf in den im Garten stehenden Rhododendronstrauch, woraufhin seine Brille Schaden nimmt. Am darauffolgenden Montag gehe ich mit ihm und der verbogenen Brille zum Optiker. Mein Freund reicht dem Optiker die Brille.

Er: »Können Sie die wieder hinbiegen? Die ist hingefallen.«
Optiker (zweifelnd): »Die ist doch nicht bloß hingefallen?!«
Er: »Doch, aber sie hat mich hinterhergezogen.«

arbeit = kraft mal bildungsumweg

– Bielefeld. Universität, Physik-Fakultät.

Gespräch zwischen zwei Studenten und einem Prüfer. Es geht um die mündliche Abfrage zu einem physikalischen Versuch, der anschließend durchgeführt werden soll.

Prüfer: »Kein Stress, die Fragen sind nicht so schwer, hattet ihr doch sicherlich alles schon im Abi.«
Student #1: »Ich hatte keine Physik im Abitur.«
Student #2: »Ich habe gar kein Abi!«

auf dieser linie gilt der kautarif

– Berlin. Bus der Linie 100.

Touristen steigen in den Bus ein und zeigen beim Busfahrer ihre Fahrkarten vor. Da der Busfahrer kaum auf die Tickets schaut, bleibt eine Frau stehen, hält alle Einsteigenden auf und dem leicht genervten Fahrer den Fahrschein dicht unter die Nase.

Busfahrer: »Watt'n, soll ick rinnbeißn?«

ein kinderkokser braust mächtig auf

– Lotte (Steinfurt). Im Bus.

Der Bus ist morgens mit vielen Schülern besetzt. Ein Junge (ca. elf) reißt eine Tüte Ahoi-Brause auf und formt damit eine Linie auf seiner Handfläche, die er dann mit der Nase hochzieht. Ein Mädchen (ebenfalls ca. elf) beobachtet ihn dabei.

Mädchen: »Hää?? Bist du total blöd oder so? Warum ziehst du dir denn billige Brause durch die Nase?«
Junge: »Ey Alde, du hast doch keine Ahnung! Der Stoff is nisch billig, das is voll der Gute vonner Tanke, ey!«

try hard, die hard

– Offenbach. In der Schule.

Zwei Mädchen laufen während des Unterrichts auf dem Schulflur umher.

#1: »Ey Mann, du kannst dich nicht umbringen! Ich hab's auch schon versucht … das geht nicht!«

kuschelpädagogik war mal

– Achim. In einer Schule.

Ein Leistungskurs (12. Klasse) während des Unterrichts. Plötzlich poltert es heftig an der Tür, es ist mal wieder ein Fünftklässler dagegengesprungen.

Lehrer (zeigt auf zwei starke Jungs): »Du und du … ihr beide … herkommen!«

(Pause)

Schüler #1: »Wirklich jetzt??«
Lehrer: »Los, fangt das dumme Kind! Und dann bringt es mir hierher!«

Beide Schüler laufen los, kurze Zeit später hört man eine kindliche Stimme:

»Hilfe! Hilfe! Lasst mich! Ich will nicht!«

Der Lehrer geht triumphierend zur Tür, wartet, öffnet sie und sagt zu dem kleinen ›Erlegten‹:

»Siehste, so was passiert, wenn man sich mit den Großen anlegt!«

sich selbst ein spiegel-ei legen, das kann er

– Köln. In einem Restaurant.

Am Nebentisch sitzen ein junger prolliger Mann und eine Frau. Offensichtlich ein Date. Das Gespräch dreht sich überraschenderweise um die Beschaffenheit der deutschen Medienlandschaft.

Sie: »Aber zum Beispiel ›spiegel online‹ ist doch auch boulevardesker als der ›Spiegel‹ selber!«
Er (ratlos): »›spiegel online‹? Ist das das mit Günther Jauch?«

every piss you take – der neue hit von ›police‹?

– Köln. Zu Karneval in einer Nebenstraße.

Eine Gruppe von fünf jungen Männern uriniert nebeneinanderstehend an eine Hauswand. Ein Streifenwagen der Polizei hält an, zwei Polizisten steigen aus. Der Beifahrer des Wagens ruft ihnen laut und vernehmbar zu.

Polizist: »Polizei!«

Daraufhin dreht sich einer der Jungs um und sagt seelenruhig:

»Nee, nee, wir sind nicht von der Polizei, wir pinkeln hier nur hin.«

der knabe als lusthelfer

– Bad Oeynhausen. Im Werrepark.

Ein Vater steht mit seinem kleinen Sohn vor der Kasse im Nanu Nana. Er schaut sich um, sagt dann zu dem Kleinen:

»Lenk mal Mama ab!«

… und geht mit einer Packung essbarer Unterwäsche zur Kasse.

psycho-doc oder psycho-schock?

– Köln. Am Bahnhof.

Ein Junge (ca. acht) zu seinem Freund:

»Wenn ich mal groß bin, werde ich entweder Psychiater oder Psychopath!«

wenigstens plant er realistisch …

– Weimar. In einer Disco.

Zwei Halbstarke auf dem Männerklo.

#1: »Ey, hast du Kondome mit?«
#2: »Nee, brauch ich nicht, hab 'n Taschentuch.«

im falschen film, im falschen laden

– Düsseldorf. Klemensviertel.

Ein Typ kommt eilig in die örtliche Familienvideothek gestürmt.

Typ: »Entschuldigen Sie, führen Sie Stadtpläne?«
Mitarbeiter: »Bitte WAS???«
Typ: »Stadtpläne, Sie wissen schon, diese viereckigen Faltkarten ...«
Mitarbeiter: »Danke, ich weiß was Stadtpläne sind und NEIN, wir führen keine Stadtpläne, aber versuchen Sie es doch mal nebenan in der EISDIELE!«
Typ (erleichtert): »Oh ja, vielen Dank!«

im endspurt vermasselt

– Hannover. An der Bushaltestelle Nackenberg.

Jugendlicher spricht einen Mann an:

»Entschuldigen Sie bitte, haben Sie vielleicht eine Zigarette für mich, Alda?!«

für ihn geht heute nicht nur die sonne unter …

– Berlin. Ecke See- und Müllerstraße.

Eine Gruppe halbstarker Jungs schlendert im Sonnenuntergang die Straße entlang. Von weitem taucht die Silhouette einer hübschen Frau auf. Nach dem üblichen Getuschel (»Geil, die Alte!«) ruft einer der Jungs:

»Ey! Ich will ein Kind von dir!«

Darauf die Angerufene:

»Hakan, du BIST ein Kind von mir!«

das einmaleins der kofferbombe

– Nürnberg. Im Regionalexpress Nürnberg-Augsburg.

Der Zug ist gut gefüllt, doch in einer Vierersitzgruppe steht auch noch eine Viertelstunde nach Abfahrt in Nürnberg ein verwaister Koffer. Ein Paar beäugt das Gepäckstück misstrauisch und diskutiert angeregt. Schließlich steht die Frau auf und verlässt das Abteil, um kurz darauf mit dem etwas genervten Schaffner zurückzukommen. Der schaut den Koffer an, stellt ihn in den Gang, tritt mit dem Fuß kräftig dagegen und meint:

»Der geht nicht hoch!«

Und verlässt vor den verdutzten Augen der Passagiere mitsamt Gepäckstück den Waggon.

brautkleid bleibt brautkleid

– Hamburg. In einem Kindergarten.

Die Kinder unterhalten sich übers Heiraten.

#1: »Wenn ich groß bin, heirate ich mich selbst.«
#2: »Wieso willst du dich selbst heiraten?«
#1: »Einen Mann brauch ich nicht, aber ich will das schöne Kleid anziehen!«

letzte chance des abends: mundgeruch?

– Hamburg. Auf dem Fischmarkt.

Wir gehen an einem Gemüse- und Obststand vorbei, an dem gerade der Verkäufer laut für seine Waren wirbt.

Verkäufer: »Und hier haben wir noch Zwiebeln! Schmecken zwar voll scheiße, aber machen auch voll geil!«

frei nach max liebermann

– Hannover. Bei IKEA.

Ein nicht ganz schlanker Mann (ca. Mitte fünfzig) sagt genervt zu seiner Frau:

»Mir ist zum Kotzen, ich geh mal 'ne Wurst essen!«

doktor, der mann mit dem kot ist da

– Mettmann. Beim Arzt.

Ein Herr kommt an die Anmeldung und knallt ein gefülltes Stuhlröhrchen auf die Theke.

Er (motzig): »Von meiner Frau.«
Arzthelferin: »Haben Sie nicht das Schild gelesen? ›Stuhl- und Urinproben bitte NICHT auf der Anmeldung abstellen!‹«

Der Mann schüttelt den Kopf und antwortet im Gehen über die Schulter:

»Das gilt ja nur für Patienten. Ich bringe ja die Probe meiner Frau und nicht meine.«

in der eigenen dummheit gefangen

– Celle. Am Bahnhof.

Eine Mutter mit ihrem kleinen Sohn.

Sohn: »Mama, krieg ich zwei Tage Stubenarrest?«
Mutter (ungläubig): »Wieso denn das?«
Sohn (nach drei Sekunden überlegen): »… Was ist Stubenarrest?«

achterbahn statt achtes gebot

– Rust. Im Europapark an der Kasse.

Ein junges Mädchen fragt laut seinen Vater:

»Papa, wie alt bin ich hier?«

vergeigte androhung

– Berlin. In der U-Bahn.

Mutter zu ihrem Kind: »Wenn du nicht leise bist, entfällt der Violinenunterricht.«

die idee kann sie die toilette runterspülen

– Immenstadt. An einer Tankstelle.

Beim Versuch zu zahlen fällt auf, dass die Bedienung der Tankstelle nicht hinter der Theke steht und auch sonst nicht im Verkaufsraum der Tankstelle ist. Allerdings hängt an der Kasse ein Zettel mit der Aufschrift:

»Bin kurz auf dem Klo. Bitte versuchen Sie nichts zu klauen! Danke!«

ein tag am meer und 9 monate mehr …

– Kühlungsborn. Am Strand.

Neben uns liegt eine Gruppe Typen Marke ›Checker‹ mit ihren Freundinnen. Ein Pärchen kommt aus dem Wasser.

Checker #1: »Ey Alda, isch hab die voll geknallt! Im Wasser!«
Checker #2: »Escht? Hatteste denn Kondome?«
Checker #1: »Nää … is doch Salzwasser.«

auf die semmel geschmiert

– Berlin-Wedding. Tegeler Straße.

Beim Brötchenholen. Vor mir eine Frau.

Händler (indem er die Brötchen aus dem Ofen holt, zur Kundin): »Sooo … einmal Wowereitsemmeln.«
Kundin: (schweigt)
Händler (gutmütig): »Na, WARME Brötchen.«
Kundin: (grummelt Unverständliches)
Händler (empört): »Wieso? Darf man doch sagen?! Der is doch keen Jude!«

einmal zum mitnehmen, bitte!

– Mönchengladbach.

In einem gut gefüllten Restaurant. Zwischen den Tischen läuft ein Junge (ca. drei) umher. Plötzlich bleibt der Kleine stehen und ruft laut quer durch das Restaurant:

»Maaaaaamaaaa ... ich muss AA!«

Amüsiertes Gelächter im Restaurant. Daraufhin die Mutter genauso laut quer durch das Lokal:

»Dann mach doch Schatz ... du hast doch 'ne Windel an!«

... wenn's mal schnell gehen muss

– Stuttgart. Im Besitos.

Beim Speed-Dating stehen die männlichen Dater zusammen. Die Moderatorin fragt nach der Motivation, am Speed-Dating teilzunehmen.

Speed-Dater: »Ich habe eigentlich einen Gutschein zum Geburtstag für den Pussy Club in Fellbach gekriegt. Den hat aber die Polizei zugemacht. Da haben die mir 'nen Gutschein fürs Speed-Dating geschenkt, ist ja so ähnlich.«

was neues zum dran rumschrauben

– Oberhausen. Willy-Brandt-Platz.

Ein Pärchen (ca. Anfang zwanzig) steht vor dem Haupteingang des Bahnhofs.

Er: »Mit dir ist es bisher der interessanteste Sex, den ich je mit einer Frau hatte.«
Sie: »Interessant kann aber auch schlecht sein.«
Er: »Nein, positiv interessant. Ich entdecke die Möglichkeiten.«
Sie: »Jetzt fühl ich mich wie 'ne Kiste von IKEA.«

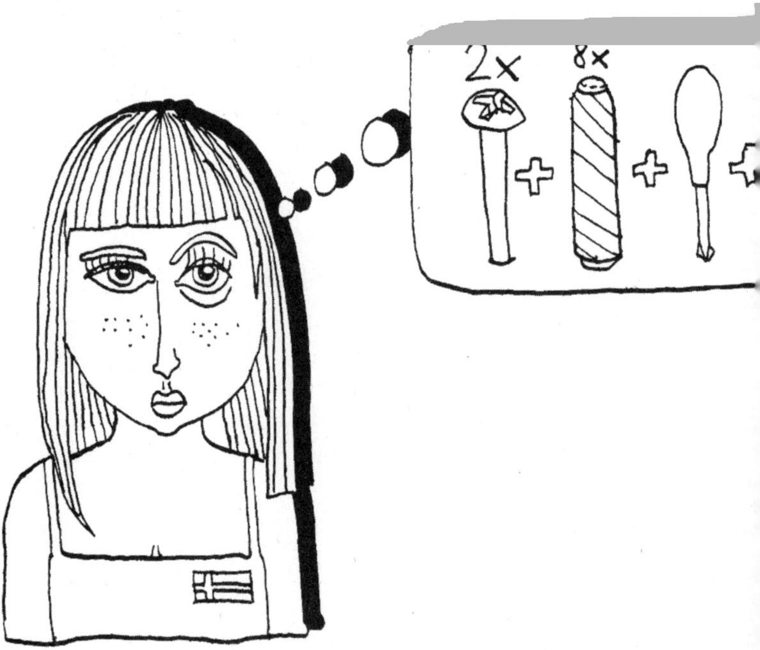

GROSSE GEFÜHLE – „JETZT FÜHL ICH MICH WIE 'NE KISTE VON IKEA"

Ein bekanntes Sprichwort besagt: Je ferner das Gefühl, desto näher der Tod. Und tatsächlich: Emotionen sind das Salz in unserer Lebenssuppe. Liebe, Glück und Leidenschaft; Schmerz, Hass und Trauer begleiten uns vom ersten bis zum letzten Atemzug. Wir befinden uns ständig auf einer rasanten Achterbahn der Gefühle – mit Loopings, Talfahrten und schwindelnden Höhen. Abspringen unmöglich, Anhalten verboten! Doch so imposant wie in Hollywood geht es auf Deutschlands Straßen dabei meist nicht zu. Statt Leidenschaft herrscht hier pragmatischer Realismus, statt flammender Reden hört man nur stammelnde Worte. Die großen Gefühle bahnen sich hierzulande eher mühsam ihren Weg. Manch einer ist dabei gar so unbeholfen, dass das gut gemeinte Kompliment zur emotionalen Bauchlandung wird. Damit Ihnen nicht Gleiches widerfährt, empfehlen wir für das nächste Kapitel: Lesen, Lernen, Bessermachen!

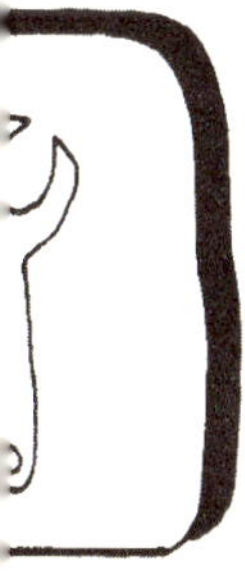

jumbo-ulla im anflug

– Hamburg. Flughafen.

Zwei ältere Herren sitzen im Wartebereich der Ankunftshalle.

#1: »Und auf welche Maschine warten Sie?«
#2: »Auf Ulla, meine Frau.«

außen hui, innen pfui

– Wien. Restaurant Himmelsstube.

Valentinstag, abends in einem edlen Lokal. Am Nebentisch unterhält sich eine dunkelhäutige Schönheit mit ihrem Begleiter.

Sie: »Mein Ex meinte, dass mein Aussehen und mein Wesen überhaupt nicht zusammenpassen. Also, dass ich ganz anders wirke, als ich dann bin. Findest du auch, ich müsste eigentlich anders aussehen?«
Er: »Nein. Du müsstest anders sein.«

patchwork²

– Berlin. Im Taxi.

Ein Pärchen sitzt hinten. Sie küssen und liebkosen sich. Dann kommen sie auf eine Ausstellung zu sprechen.

Sie: »Du, das ist eine ganz tolle Ausstellung! Da möchte ich echt gern mal mit den Kindern deiner Frau hingehen.«

der drei-promille-reflex

– Hannover. In einer Diskothek.

Ein alkoholbedingt nicht mehr ganz standsicherer Typ steht mit zwei jungen Frauen herum. Er hält sich an ihnen fest, weil er sonst wohl umfallen würde. Als seine Hand bereits gefährlich tief am Rücken der einen Frau heruntergerutscht ist:

Er: »Du-uh?«
Sie: »Jaa?«
Er (ganz stolz): »Meine Hand liegt auf deinem Arsch!«
Sie: »Ich weiß!«
Er: »Woher?«
Sie: »Ich merk das?!«
Er: »Echt? Oh …«

leicht gesagt, schwer gemacht

– Mannheim. Straßenbahnhaltestelle Schloss.

Aus 200 Meter Entfernung sprintet ein Typ mit Anzug und Laptoprucksack heran, um die Straßenbahn zu erwischen. Mehrmals wird er dabei beinahe von hupenden Autos überfahren, erwischt schließlich dennoch ganz knapp die Bahn. Hyperventilierend steht er in der Bahn und stößt keuchend aus:

»Renne nie einer Frau oder einer Straßenbahn hinterher. Es kommt doch immer eine andere!«

dieser mann ist einfach atemberaubend!

– Düsseldorf. Hauptbahnhof.

Ein Mädchen (ca. 18) und ihr Freund küssen sich mit viel Bewegung. Plötzlich reißt sich das Mädchen von seinem Freund los und schubst ihn weg:

Sie (schreiend): »Ey, isch bekomme keine Luft mehr, pass mal aahauf!!«
Er: »Atme halt durch die Nase!«
Sie: »Ey nööóhöö ...«

Sie dreht sich um und geht.

männerlogik

– Eberdingen-Nussdorf.

Mann zu seiner Ehefrau nach einem Streit:

»Tut mir leid, aber entschuldigen werde ich mich nicht! Sorry!«

liebe: die quadratur des kreises

– Karlsruhe.

In der Straßenbahn. Drei Mädels unterhalten sich. Die eine erzählt von ihrem Problem, sich zwischen zwei Typen nicht entscheiden zu können:

»Ey, ich sag's euch: Ich werd noch voll verrückt Mann, ich dreh mich schon im Viereck!«

immer die alten vorurteile

– Arlesheim. In einem Büro.

Erster Arbeitstag nach den Weihnachtsferien. Eine Kollegin unterhält sich mit einem Kollegen über den Urlaub.

Sie: »Wir sind nach dem letzten Arbeitstag sofort losgefahren und haben die Weihnachtsfeiertage bei meinen Eltern in Berlin verbracht. Und dann kommt man wieder nach Hause und alles ist unordentlich und schmutzig.«
Er: »Ach, ist dein Mann nicht mitgefahren?!«

na dann: film ab!

– Bochum. U-Bahn-Haltestelle Universität.

Eine Studentin telefoniert anscheinend mit ihrem Freund:

»Schatz, ich schaffe es heute leider nicht zu dir. Ich hab so viel zu tun. Das Seminar vorhin war der absolute Horror.«

(Pause)

»Tut mir wirklich leid, Schatz. Vorschlag: Leih dir doch einen Porno aus. Ich bezahle dann auch die Gebühren, Schatz!«

(Pause)

»Okay. Mach das. Wir sehen uns dann morgen. Ich liebe dich.«

ihre lieblingsromanze: rambo III

– Fürth. In einer Kneipe.

Frau (Anfang dreißig) zu ihrer Freundin:

»Und dann meint der noch zu mir, ich wär total gefühlskalt!«

(Pause)

»... aber das ist mir scheißegal.«

die frau, das unbekannte wesen

– Notrufabfrage. Samstags gegen 23:45 Uhr.

Notruf von Rettungsdienst und Feuerwehr. Ein junger Mann ruft an.

Anrufer: »Guten Abend, ich bräuchte dringend einen Rettungswagen für meine Freundin. Ihr geht's irgendwie nicht gut ...«

Der Notruftelefonist geht das Abfrageschema durch: Ähnliches schon mal gehabt, Adresse etc. und endet mit:

»Der Wagen ist auf dem Weg zu Ihnen. Für unsere Unterlagen benötige ich jetzt noch den Namen Ihrer Freundin.«

Anrufer: »Ja, Augenblick ... (hält die Hand vor den Hörer) ... Schatz, wie heißt du nochmal?«

shake it baby!

– Bielefeld. Brackweder Straße.

An einer Tankstelle. Ein Mann (ca. 25) wartet hinter einer Frau an der Kasse. Er jongliert mit einer 0,5-Liter-Cola-Flasche herum. Nach einiger Zeit spricht ihn die Frau an.

Frau: »Na, die würde ich jetzt aber erstmal nicht aufmachen.«
Typ: »Machen Sie sich mal keine Sorgen. Die is' eh für meine Freundin.«

liebe mit 100 dezibel

– München.

Eine junge Mutter betritt mit ihrem Sohn (ca. zwei) eine Bibliothek.

Mutter: »Pscht, jetzt sind wir in der Bibliothek, da muss man ganz leise sein!«

Der offenbar redselige Junge ist unleidig.

Mutter: »Das ist die Bibliothek, da muss man flüstern, sonst stört man die Leute!«
Sohn (raumfüllend): »Mami, ich LIEBE dich!«

zähne zeigen, tränen meiden

– Koblenz. Im Kino Apollo.

Der erste und der zweite Teil von ›Twilight‹ laufen nacheinander. Im Saal sind nur zwei Jungs.

#1: »Mann, der Film ist soo scheiße.«
#2: »Ja, aber echt, das nervt voll! Voll kitschig und die machen die ganze Zeit nur …«
#1: »SCCHHHH!! Jetzt kommt der Kuss!!!«

trauma oder gouda?

– Münster. Im Supermarkt.

Ein Vater mit seinem kleinen Sohn (ca. drei) zur Stoßzeit im Supermarkt. Das Kind sitzt im Kindersitz im Einkaufswagen. Vor der Käsetheke stehen Paletten und viele Leute. Es ist sehr eng.

Vater (liebevoll): »Papa lässt dich mal eben ganz kurz hier stehen und kauft ein bisschen Käse, ja?«
Kind: »Ich glaube, das könnte mir das Herz brechen.«

einfühlsamer mini-macho

– Mönchengladbach.

Nach einem Unfall sitze ich mit meiner Freundin auf der Couch im Wohnzimmer. Sie ist völlig aufgelöst und weint. Ihr Sohn (acht) sitzt nebenan in der Küche und macht Hausaufgaben. Plötzlich ruft er herüber:

»Mama, du weißt genau, wenn du weinst, kann ich mich nicht konzentrieren.«

Er kommt ins Wohnzimmer, nimmt seine Mama in den Arm.

»Wenn man traurig ist, ist es am besten, wenn man sich ablenkt. Schau doch Fernsehen. Oder les ein Buch. Oder räum die Küche auf!«

eingelocht mit der tiger-woods-taktik?

– Stuttgart.

Nachts um halb zwei auf der Straße. Ein etwas fülliger Mann mit Schlapphut (Mitte fünfzig) zieht ein weinendes Mädel (Mitte zwanzig) auf Stöckelschuhen hinter sich her.

Mann: »Aber wenn ich es dir doch sage, ich versteck dich nicht! Ich versteck dich nur vor meiner Frau, ansonsten steh ich doch zu dir.«

die verpackung ist das schönste

– Würzburg. An einem Gymnasium.

Eine junge und hübsche Lehrerin trägt ein T-Shirt mit einer großen Schleife auf der Brust.
Auf dem Gang spricht sie ein Schüler aus der 13. Jahrgangsstufe an.

Schüler: »Hallo Frau Sanchez-Tiex. Ich habe heute Geburtstag! Darf ich das Geschenk jetzt auspacken?«

frivoles freizeitprogramm

– Gräfenroda.

Unterhaltung zwischen meinem Freund und meiner kleinen Schwester (14):

Er: »Und? Wie läuft es so mit deinem neuen Freund?«
Sie: »Gut.«
Er: »Habt ihr schon etwas zusammen unternommen?«
Sie: »Was meinst'n jetzt? Bumsen oder so?«

wenn eis das herz zum schmelzen bringt

– Berlin. Frankfurter Allee.

Vor einer Einkaufspassage. Ein ziemlich übergewichtiger Junge (ca. fünf) steht neben seiner Mutter. Neben ihm liegt eine Kugel Erdbeereis auf dem Boden. Der Junge weint herzerweichend und zeigt mit seinem Finger auf die Kugel.

Junge: »Das, das … EIS!!!«
Sie (verzweifelt): »Aber das war doch gar nicht unsers!«

sein hundeblick ist nicht der überzeugendere

– Paderborn. Rathausplatz.

Vor der Bar Celona steht ein Paar. Der junge Mann steht, den Rücken an die Hauswand gelehnt, mit gesenktem Kopf vor seiner Freundin.

Er (tieftraurig): »Oh Mann! Du beachtest mich gar nicht mehr! Ich fühl mich total vernachlässigt, du nimmst mich gar nicht mehr wahr!«

Sie schaut ihn mit aufgerissenen Augen an.

Sie: »Maik! Nur weil ich ein Foto von meinem Hund auf dem Handydisplay habe?!«

vor dem nächsten stellungswechsel, bitte themenwechsel!

– Osnabrück. Bowlingcenter am Bahnhof.

Zwei Freundinnen (ca. dreißig) unterhalten sich über die neue Liaison der einen.

#1: »Und? habt ihr schon …?«
#2: »Ja, schon …«
#1: »Aber …?«
#2: »Nix aber!«
#1: »Na, habt ihr schon verschiedene Stellungen ausprobiert? Hündchenstellung?«
#2: »Nein! So was mache ich nicht! Da fühle ich mich benutzt!«
#1: »Mensch, dat isses doch!!!«

zum legomanen erzogen

– Stuttgart.

Eine schwangere Mutter mit ihrem dreijährigen Sohn.

Mutter: »Na Fabian, freust du dich schon auf deinen kleinen Bruder?«
Sohn: »Nein, ich hab schon genug Spielsachen.«

die schöne, das biest

– Heidelberg.

Ein Paar sitzt auf der Couch und sieht fern. Ein Beitrag über Schönheitsideale und Minderwertigkeitskomplexe bringt die beiden ins Gespräch.

Sie (schaut ihn an): »Schatz? Sag mal, bekommst du auch Minderwertigkeitskomplexe, wenn du all die schönen Männer siehst?«

(lange Pause)

Er: »Na danke ...«
Sie: »So meinte ich das nicht! Ich meinte ja nur, wie du dich neben den ganzen hübschen Menschen fühlst ...«

›op‹ statt ›o.k.‹

– Dortmund. In einem C&A.

Eine junge Frau hat sich einen kurzen Rock ausgesucht und verschwindet in der Umkleidekabine. Ihr Freund bleibt davor sitzen und wartet. Schließlich kommt sie aus der Kabine, um das neue Outfit zu präsentieren.

Freund: »Du brauchst unbedingt 'ne Knieoperation.«

beziehungskiste

– Rosenheim. Im Karstadt.

Zwei Mädchen verlassen gerade das Kaufhaus.

#1: »Der fährt ja immer noch des Zeug von seiner Ex im Auto rum. Des hat sie ihm schon vor voll langer Zeit zurückgegeben. Ich glaub, er bringts einfach nicht übers Herz des rauszutun.«
#2: »Ja, was soll er auch damit machen? Wie is des eigentlich, haben Jungs auch 'ne Kiste?«
#1: »Wie? Was für 'ne Kiste?«
#2: »Ja, Mädels haben doch immer so 'ne Kiste, also zum Beispiel 'nen Schuhkarton, wo sie des ganze alte Zeug von ihrem Ex drin haben ... Die steht im Schrank oder so. Haben Jungs des auch oder wie is des?«
#1: »Ja ne! Keine Ahnung! Also die fahrn des halt im Auto spazieren ... is ja auch 'ne Kiste!«

tom tengelmann & the heartbreakers

– Köln. Zülpicher Straße.

Im Supermarkt. Die Kassiererin hat alle Waren einer Kundin eingescannt. Die Kundin (ca. 21) bezahlt.

Kassiererin: »Sammeln Sie Herzen?«
Kundin (trocken): »Nur gebrochene ...«

keine nerven für große gefühle

– Köln. Bäckerei in der Venloer Straße.

Kleines Mädchen zur Mama: »Liebst du mich?«
Mama: »Jetzt hör auf zu nerven!«

… und noch eine motorsäge und müllsäcke

– Flensburg. Max-Bahr-Baumarkt.

Ein Pärchen kauft Heimwerkergegenstände. Anscheinend wollen die beiden ein Zimmer streichen und stehen vor dem Zubehörregal.

Sie: »Wir brauchen unbedingt noch Abklebeband!«
Er: »Wozu das denn bitte?«
Sie: »Um dir damit die Fresse zuzukleben!«

ein kleidungsstück ist kein schlagendes argument

– Weidenheim. Am Bahnhof.

Ein Mann (Mitte zwanzig) telefoniert im Plauderton mit einem Freund:

»Ich meine, es ist schon hart: Du kaufst ihr eine Korsage für 80 Euro und sie lässt dich nicht ran und redet kaum mehr mit dir. Ich verhau sie mit einer Reitgerte und sie vermisst mich nach sechs Stunden schon unheimlich.«

nordisch by nature

– Hamburg. Im Hafen.

Auf einer Hafenrundfahrt unterhalten sich zwei Kapitäne:

#1: »Hast du gehört, der Jörn ist tot.«
#2: »Pech gehabt, bekommt er nichts mehr zu Nikolaus.«

auf diese antwort gibts nur eine frage

– München. In der Milchbar.

Einige Typen stehen an der Bar neben mir. Ein süßes Mädel kommt vorbei und spricht einen an.

Sie: »Du, darf ich dich mal was fragen, meine Freundin will das wissen …?«
Er: »Neunzehneinhalb Zentimeter, warum?«

ein fettnapf gegen vaterglück

– Berlin. In einem Café.

Ich sitze mit einer Freundin im Café. Eine weitere Freundin in Begleitung ihres Ehemanns stürmt freudestrahlend auf unseren Tisch zu.

Freundin #1: »Ich bin schwanger!!!«
Ich: »Herzlichen Glückwunsch!«
Freundin #2: »Von wem?«

es blieb beim one-date-stand

– Berlin. In einer Bar.

Ein Typ und ein Mädel unterhalten sich. Trotz Musik sind sie gut zu verstehen.

Er (nach einiger Zeit): »Also gehen wir zu mir?«
Sie: »Nö, ich will keine One-Night-Stands mehr!«
Er: »Wieso One-Night-Stand? Ich will dich richtig kennenlernen!«
Sie: »Ach so.«
Er: »Ja super, also gehen wir jetzt zu mir?«
Sie: »Hää, nö hab ich doch gesagt!«
Er: »Dann geb mir mal deine Nummer.«
Sie: »Aber du rufst doch eh nicht an!«
Er: »Ja stimmt, wahrscheinlich nicht.«

die schnepfe und das biest

– Ulm. In der Straßenbahn.

Zwei jüngere, aufgestylte Mädels unterhalten sich über ihre letzten Bekanntschaften.

#1: »Ey, ich kann doch 'nem Jungen, der voll scheiße aussieht, nicht einfach sagen, dass ich ihn mag!«

heute die frau, morgen die welt

– Berlin. U-Bahnhof Berliner Straße.

Ein Pärchen kommt die Treppe vom oberen Bahnsteig herunter, sie stolpert und droht böse zu stürzen. Ihr Partner greift reaktionsschnell und geschickt ein, nichts Schlimmes passiert. Sein Kommentar:

»So ein Mist, da kann man EINMAL den Helden spielen und dann bei der eigenen Frau.«

eiskaltes argument

– Köln. In einem Real-Markt.

Eine junge Frau (Mitte zwanzig) und ihr zwei Meter großer Freund kaufen ein. Er steht vor Konsolespielen und kann sich nicht davon lösen.

Sie: »Komm jetzt weiter, sonst kriegst du nachher kein Eis!«
Er: »Ohhh, menno!«

Er schlurft mit hängendem Kopf hinter ihr her, mit einem letzten sehnsuchtsvollen Blick auf die Spiele.

zwischen puppenhaus und pubertät

– Aachen. Bus der Linie 51.

Zwei Jungen unterhalten sich.

#1: »Wie alt ist die jetzt?«
#2: »Zehn.«
#1: »Und du bist zwölf, ne? Nee, dann ist die zu jung für dich. Mit zehn ist die zu jung für 'ne richtige Beziehung.«

kurz vor valentinstag nochmal die fronten klären

– Stuttgart. In der U-Bahn.

Ein Mädchen und ein Junge sitzen in der U-Bahn und unterhalten sich über die Ex von dem Jungen.

Er: »Ich liebe sie echt noch und ich vermiss die so!!!«
Sie: »Ach was, du hast echt was Besseres verdient.«
Er (blickt ihr tief in die Augen): »Dich?«
Sie: »Na ja, so was Gutes nun auch wieder nicht.«

ehemann im endlos-abo

– Kassel. Willy-Brandt-Platz.

Ein älteres Ehepaar steht in der Bahnhofsbuchhandlung und möchte eine Tageszeitung kaufen.

Verkäufer: »Das ist die Tageszeitung von gestern!«
Frau: »Macht nichts! Mein Mann ist auch von gestern!«

frieden den röcken, krieg den müttern

– Dortmund. Im Karstadt am Westenhellweg.

Mutter und Tochter (ca. zehn) beim Shoppen. Die Kleine ist offenbar beleidigt wegen des von der Mutter abgelehnten Kaufs eines hippen Minirocks.

Tochter (altklug): »Mama, tief in dir drin … bist du so was von bescheuert!«

big mama is watching you

– Berlin.

Ein Pärchen liegt in einem Café auf Liegestühlen und sonnt sich.

Mann: »Mutter weiß von uns.«

gnadenschuss statt schokogenuss

– Stralsund. Im Supermarkt am Bahnhof.

In der Schlange an der Supermarktkasse. Ein Kleinkind quengelt lautstark und kämpft mit der zunehmend lauter werdenden Mutter um den Erwerb eines Impulsartikels. Alle sind genervt und gestresst, es ist heiß, der Zug fährt gleich. Das Kind lässt nicht locker, brüllt und schlägt um sich. Eine Frau in der Schlange dreht sich zur überforderten, mit hochrotem Kopf dastehenden Mutter um und sagt in mitfühlendem Ton:

»Hauen Sie's tot! Es quält sich doch nur noch.«

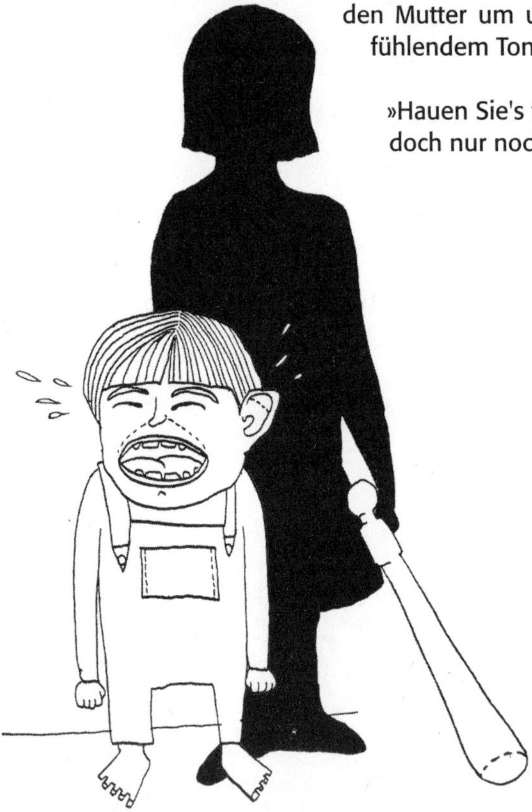

KLARE ANSAGEN – „HAUEN SIE'S TOT!"

Um eine Botschaft zu übermitteln, bedarf es eines Senders und eines Empfängers. Um eine Botschaft richtig zu übermitteln, bedarf es deutlich mehr. Zwischen ›ich will damit sagen‹ und ›ich habe verstanden‹ liegen Welten. Das weiß man spätestens nach dem ersten Beziehungskrach. Und was uns der Alltag lehrt, hat die Theorie längst bestätigt: Kommunikation ist ein komplexer Prozess und alles andere als einfach. Die folgenden Belauschnisse stellen die Ausnahme dieser Regel dar. Sie sind klar und unmissverständlich. Ob bewusst oder unbewusst, ihre Botschaften lassen keine Interpretationen zu. Willkommen im Reich der Eindeutigkeiten!

einen mäc beleidigung mit viel pfeffer, bitte!

– Leipzig. An einem McDrive.

Wir stehen in der Autoschlange an. Der Wagen vor uns braucht schon eine Ewigkeit, Fenster werden hoch- und wieder runtergekurbelt. Auf einmal knallt eine Seitentür des McDonald's auf. Ein kleiner Asiate im McDonald's-Dress und Headset stürmt auf das Auto zu, trommelt auf die Motorhaube und schreit aus vollem Hals:

»ICH ASSLOCH? DU ASSLOCH! GROSSES ASSLOCH!!!«

holt die GSG9, kundenandrang!

– Hamburg-Harburg. In einer Postbankfiliale.

Die Bankfiliale ist brechend voll. Eine Schlange vom Eingang bis zu den Schaltern, bestimmt zwanzig Meter oder mehr. Ein älterer Mann kommt herein, geht vor bis zu den Schaltern und motzt laut durch den Raum:

»WENN DAS JETZT SO WEITERGEHT HIER, RUF ICH DIE POLIZEI!«

service hat abgedankt

– Köln. Flughafen.

Der Shuttlebus zum Flughafen hat gerade gehalten und befindet sich wieder im Anfahren. Ein Passagier, der gerade ausgestiegen ist, rennt vor den Bus und bringt ihn zum Halten. Der Busfahrer öffnet die Tür.

Passagier: »Entschuldigung, ich habe meine Tasche liegen lassen.«

Er holt sein Gepäck, beim Aussteigen wendet er sich an den Fahrer:

»Danke, dass Sie gehalten haben!«

Fahrer (trocken): »Den Dank können se sisch in den Arsch schieben. Isch habs nischt gern jemacht, dat können se mir glauben!«

er sucht den bestseller ›mit aggressionen umgehen‹

– Hamburg. Buchladen am Hauptbahnhof.

Ein junger Mann Typ ›Checker‹ kommt an die Kasse. Die Verkäuferin begrüßt ihn freundlich.

Verkäuferin: »Guten Tag!«
Checker: »Ey, hast du 'n Problem oder was?«

aus den fehlern der titanic gelernt

– Hamburg. Hafen.

Durchsage bei der Hamburger Hafenrundfahrt, der Sprecher verkündet die Sicherheitshinweise:

»... an Bord gibt es genau zwei Schwimmwesten. Eine ist für den Kapitän und eine für mich. Doch machen Sie sich keine Sorgen. Für den Notfall führen wir selbstverständlich ein Rettungsboot mit, damit im Falle des Falles wenigstens die Mannschaft gerettet werden kann.«

sein motto: trinken statt sinken

– Flensburg. Südermarkt.

Samstagabend. Ein stark angetrunkener Mann torkelt durch die Fußgängerzone und spricht vorbeigehende Passanten an.

Betrunkener: »Habt ihr 'ne Zigarette für 20 Cent?«
Passant #1: »Nee!«
Betrunkener: »Und ihr?«
Passant #2: »Nein.«
Betrunkener (brüllend): »Ihr geht alle unter wie die Fotzen!«

service bis zum hinfallen

– Nürnberg. Hauptbahnhof.

Der morgendliche Regionalexpress von München nach Nürnberg nähert sich dem Nürnberger Hauptbahnhof.

Es meldet sich der Bordcomputer mit der üblichen Ansage:

»Ausstieg in Fahrtrichtung rechts!«

(Pause)

Knackendes Mikro. Dann die fröhliche Stimme des Schaffners:

»Links fallt ihr in den Schodder nei!«

wiener linien erklären die welt

– Wien. In der U-Bahn.

Durchsage:

»An den Herren im weißen T-Shirt: Man kann Regeln auf zwei Arten brechen. Die eine Art ist mit Intelligenz. Die andere haben sie uns gerade sehr ansehnlich vorgezeigt. Regeln sind nicht nur aus Spaß da, und ich habe noch nie jemanden auf eine derartig dumme Art einsteigen sehen. Auch wenn Sie mir das jetzt nicht glauben, aber man kann eine U-Bahn auch normal betreten. Sie sollten die kahlen Flecken in Ihrer Landkarte des logischen Denkens einmal auffüllen. Danke.«

morgens pilot, abends powerseller

– Dortmund. Flughafen.

Im Flugzeug, kurz nach der Landung. Durchsage des Piloten:

»... wir bedanken uns, dass Sie mit uns geflogen sind. Und vergessen Sie nicht Ihre persönlichen Wertsachen, sonst werden Sie diese bald bei Ebay wiederfinden.«

es fährt kein zug nach paderborn

– Kassel. Im ICE von München nach Hamburg.

Durchsage des Zugbegleiters:

»Noch eine Vorabinformation für Reisende mit dem Ziel Paderborn: Heute kommen Sie mit der Bahn dort nicht mehr hin.«

postmortale prügel

– Eilenburg.

An einer Kiesgrube beim Sonnenbaden. Es ist viel los an diesem Tag, neben uns platziert sich ein junges Paar mit Kind. Die Mutter bereitet ihren Sohn auf das Baden vor.

Mutter: »Und ich warne dich, wenn du zu weit raus schwimmst und ertrinkst, gibt's den Arsch voll!«

berliner schnauze voll

– Berlin. In der U-Bahn am Schlesischen Tor.

Die Ansage zur Abfahrt ist bereits erfolgt. Trotzdem stellt sich ein Jugendlicher (ca. zwanzig) in die Tür der U-Bahn und hält sie für seine gemächlich herantrottenden Freunde auf.

Durchsage des Bahnführers: »Bitte aus der Tür treten, is ja nich die letzte Bahn!«

Der Jugendliche macht keine Anstalten, die Tür freizumachen und wartet weiter auf seine Freunde. Als alle Jungs schließlich in der Bahn sind, fahren wir endlich los. Erneut meldet sich der Bahnführer über die Sprechanlage:

»Danke, du kleiner Wichser!«

kundenservice ist ihr latte

– Köln. Im Starbucks am Dom.

Eine junge Frau stürmt herein und wendet sich an eine Mitarbeiterin.

Junge Frau: »Entschuldigen Sie, wo finde ich die Toilette?«
Mitarbeiterin: »Tut mir leid, aber die Toilette ist nur unseren Kunden vorbehalten.«
Junge Frau (trocken): »Na, wenn das so ist, dann werde ich hier auf Ihrem Boden verbluten.«

erzkonservative piratenjägerin

– Doberschau.

In einer Bildungseinrichtung. Auszubildende organisieren den Tagesbetrieb im Ausbildungsrestaurant. Der zierlichen Restaurantleiterin passt das Auftreten eines Azubis mit Ohrring vor den Gästen nicht.

»Sag mal, bist du schwul oder ein Pirat? Aber ich seh hier kein Segelschiff.«

sorge dich nicht: fluche!!!

– Hannover. Hauptbahnhof.

Ich stehe auf einem Bahnsteig am Hauptbahnhof, es ist wieder mal einer dieser Tage, an denen fast alle Züge Verspätung haben. Aus den Lautsprechern ertönt die typische weibliche Computerstimme:

»Meine Damen und Herren auf Gleis 12, bitte beachten Sie …«

Doch dann ertönt nur noch ein kurzes Rauschen und eine wütende Männerstimme tönt aus den Lautsprechern:

»… ALLES SCHEISSE HIER!«

geil glauben, alda!

– Offenbach. Zu Hause.

Das wohlerzogene Töchterchen (drei) ist neu im Kindergarten und bringt frisch Erlerntes nach Hause. Vor dem Abendessen soll gebetet werden.

Tochter: »Beten!«

Da dies unüblich ist, fragt die Mutter erstaunt: »Was?«

Daraufhin zeigt das Töchterchen, was es noch gelernt hat:

»Beten, Arschloch!«

danke der nachfrage, aber ich höre gut

– Im Zug von Stendal nach Uelzen.

Im Zug nach Uelzen sitzt zwei Sitzgruppen hinter mir ein Computernerd. Er spielt irgendwelche Killerspiele am Laptop und beschallt damit den gesamten oberen Abschnitt des Doppelstockzugabteils.

Frau (auf dem Sitzplatz neben ihm): »Entschuldigen Sie, haben Sie dafür keine Kopfhörer?«
Er: »Doch, aber die brauch ich nicht.«

keinen platz für niemand!

– Stuttgart. In der S-Bahn.

Es ist ziemlich voll. Ein Typ (ca. zwanzig) steigt ein und läuft zielgerichtet auf einen leeren Platz zu.

Typ: »Ist der Platz da noch frei?«
Nebensitzerin (ca. 16): »Hmm, jaa und meiner auch gleich, wenn jemand wie DU sich da hinsetzt!«

keinen mehr anrufen unter dieser nummer!

– Stuttgart.

Ansage im Radio:

»Und jetzt noch ein Hinweis: Der Fahrer eines roten VW-Busses mit dem amtlichen Kennzeichen S-XY-123 wird gebeten, bitte nicht mehr zu Hause anzurufen.«

hauptsache, die werte haben rundungen

– Ulm. In der Fußgängerzone.

Ein Mann und eine Frau unterhalten sich.

Sie: »Und die inneren Werte?«
Er (ganz trocken): »Die seh ich doch beide, wenn du nackt bist.«

da isst das auge nicht mit

– Mallorca. Alcudia.

Ich sitze mit meiner Freundin in einem offenen Restaurant auf den Klippen mit traumhafter Sicht über die Bucht von Alcudia. Romantische Abendstimmung, die Sonne senkt sich gen Horizont. Zwei Tische weiter nimmt ein Paar mit kleiner Tochter Platz. Sie unterhalten sich in breitem rheinischen Dialekt und halten die Speisekarten in den Händen.

Sie: »Schatz, schau mal. Ist das keine herrliche Aussicht hier?«
Er: »Was interessiert mich die Aussicht. Ich will wissen, was auf den Teller kommt!«

sie: hat rot und grient. er: hat grün und sieht rot

– Frankfurt am Main. Platz der Republik.

Eine Businessfrau springt bei Rot über die Straßenbahngleise, so dass eine herannahende Tram scharf bremsen muss und der Fahrer wild klingelt.

Die Dame lächelt charmant-verschmitzt dem Fahrer zu und stöckelt weiter. Darauf ertönt aus dem Außenlautsprecher der Bahn für alle auf der Kreuzung deutlich hörbar:

»DA BRAUCHST DU GAR NICHT SO FRECH ZU GRINSEN, DU FOTZE!!!«

online-shopping falsch verstanden

– Münster. In einer Apotheke.

Kundin: »Ich bräuchte etwas gegen einen Furunkel.«
Apotheker: »Da würde ich Ihnen eine Zugsalbe empfehlen.«
Kundin: »Nee! Im Internet stand was anderes.«
Apotheker (setzt an): »Ich weiß natürlich nicht …«
Kundin: »So drei Salben.«
Apotheker: »Ich weiß natürlich nicht, was Sie im Internet gelesen haben, aber …«
Kundin (wutentbrannt): »Na, wenn Sie nichts wissen, dann probiere ich es eben woanders!«

hauptsache, das menschliche stimmt

– Hannover. In einem Büro.

Eine Kollegin, die als extremer Morgenmuffel bekannt ist und morgens allerhöchstens vor sich hinknurrt, kommt ins Büro.

Schichtleiter: »Guten Morgen, liebe Kollegin! Wie schön, dich hier so früh zu sehen, da geht für uns doch gleich die Sonne auf!«
Kollegin (in allerliebenswürdigstem Ich-spreche-mit-einem-Kunden-Tonfall): »Guten Morgen, lieber Kollege! Fall doch bitte die Treppe runter! Und wenn du schon dabei bist, wäre es nett, wenn du stolperst, mit dem Kopf in der Kloschüssel landest und ertrinkst!«

wunschkonzert für schwiegermama

– Radio SWR3. Wunschtitelsendung.

Hörer: »Ich wünsche mir für meine Schwiegermutter, die zurzeit im Krankenhaus liegt, den Titel von Ich&Ich ›So soll es sein, so kann es bleiben‹.«

druckabfall durch beinfreiheit?

– Auf dem Flug von Frankfurt am Main in die Dominikanische Republik.

Ein Mann hat seine Beine auf dem Notrutschenkasten an der Tür abgelegt. Eine Stewardess weist ihn mehrmals darauf hin, dass er doch bitte seine Beine da runter nehmen möchte. Der Mann reagiert nicht. Nach dem vierten Mal kommt die Stewardess erneut zu dem Mann und schreit ihn für alle hörbar an:

»WENN SIE NICHT SOFORT DIE BEINE DA RUNTER NEHMEN, WERDEN WIR ALLE STERBEN!!!«

Totale Ruhe im Flugzeug, der Mann nimmt seine Füße runter.

baby von bord!

– Im Flugzeug. Über dem Atlantik.

Zusammengepfercht wie Batteriehühner sitzen wir im Flugzeug nach New York. Seit dem Start in Frankfurt schreit eine Reihe vor uns ein etwa zweijähriges Kind wie am Spieß. Pausenlos, und seit Stunden. Auf einmal höre ich eine Stimme in der Sitzreihe hinter dem Kind ziemlich laut sagen:

»Wenn das Ding jetzt in den Atlantik stürzen würde, würde ich zuvor sämtliche Kinderschwimmwesten auffressen!«

live fast, die young

– Pirmasens.

Eine Gruppe Freunde spielt Trivial Pursuit. Nach einer Frage zu einem verstorbenen Rockstar wird diskutiert.

Mitspielerin: »An seiner eigenen Kotze zu ersticken, ist die einzige Todesursache, die ich bei einem Rockstar akzeptieren kann!«

beziehung in der warm-up-phase

– Frankfurt am Main. Auf der Zeil.

Zwei Mädels gehen nachts nach der Disco auf der Zeil entlang. Es regnet etwas, die beiden haben nur Tops an und frieren. Ein paar Typen kommen ihnen entgegen.

Typ (brüllt): »Ey, isch will disch ficken!«
Mädel: »Aber nur so lange, bis mir warm ist!«

diese sitzung sollte sie nicht verpassen …

– Darmstadt. An der Parkschranke einer Hoteleinfahrt.

Eine Frau fährt an die Schranke heran und zeigt dem Parkwächter einen Firmenausweis. Als das keine Reaktion auslöst, wird sie ungemütlich.

Frau: »Ich habe einen Termin!«
Parkwächter: »Bei wem bitte?«

Die Frau zögert kurz und ruft dann völlig verzweifelt:

»Mit der Toilette, verdammt!«

Der Parkwächter biegt sich vor Lachen und öffnet die Schranke.

unterm strich kein brotaufstrich

– München. Berg am Laim.

In einem REWE-Supermarkt. Ein Kunde wendet sich an eine vorbeieilende Verkäuferin.

Kunde: »Haben Sie Erdnussbutter?«
Verkäuferin (etwas genervt, weil aufgehalten): »Hammer nich, schmeckt auch nich!«

weltstadt mit herz …haftem aufsetzen

– München. Flughafen.

Durchsage des Flugbegleiters nach einer harten Landung eines Lufthansa-Flugs aus London, noch im Ausrollen:

»Treffer!«

(Pause)

»… im Namen der gesamten Besatzung möchten wir Sie hart aber herzlich in München willkommen heißen.«

bald schon pflegebedürftig?

– München. An einer Ampel.

An einer Kreuzung stehen ein schwerbehinderter Rollstuhlfahrer und sein junger Zivi. Ein älterer Mann (ca. 75) kommt dazu und spricht den Zivi von der Seite an.

Opi: »Du damischer Vaterlandsverräter, du damischer du.«

schreist du mir, dann schrei ich dir!

– München. Hauptbahnhof.

Eine Gruppe älterer Herren verschiedener Nationalitäten steht am Hauptbahnhof und unterhält sich lebhaft. Eine ältere Dame kommt vorbei und wendet sich der Gruppe zu.

Dame (schreiend): »Rumschreien! … Und nicht mal Deutsch können!«

den hat sie schon 101-mal gehört

– Hannover. Im Real-Markt.

An der Kasse. Vor mir eine junge Frau in Eile.

Verkäuferin: »Sammeln Sie Punkte?«
Junge Frau (leicht genervt): »Seh ich aus wie ein Dalmatiner?«

vamp in spe: süß und giftig, sie hat es schon drauf

– Berlin. Beim Kinderarzt.

Eine Mutter sitzt mit ihrer Tochter (ca. fünf) im Wartezimmer. Um sie zu beschäftigen, drückt sie der Tochter einen Einkaufsbeutel in die Hand mit der Bemerkung, jetzt ›einkaufen‹ zu gehen. Die Tochter nimmt den Beutel, geht den Gang hoch und runter, bückt sich ab und an, um ›Ware‹ hochzuheben. Sie kommt zurück zu ihrer Mutter.

Mutter: »Na, was hast du denn eingekauft?«
Tochter: »Bonbon, Lala, Lutscher …«
Fremde Frau, die daneben sitzt: »Hast du gar kein Brot eingekauft?«
Tochter (böse): »Und du hältst dich schön raus, Tante!«

ich pfeif auf mode … und das ist auch gut so

– Fürth. In der Fußgängerzone.

Meine Freundin und ich schlendern gemütlich durch die Fußgängerzone. Zwei durchgestylte, aufgetusste Mädels laufen an uns vorbei.

Tussi (für alle hörbar, zeigt dabei auf meine Freundin): »Iiiih, schau mal, die hat 'ne Bauchtasche an! Geht ja mal gar nich!!!«
Freundin (trocken): »Ich darf das, ich bin lesbisch.«

besser in die zugtoilette einsperren, als auf dem autobahnparkplatz anbinden

– München. Hauptbahnhof.

Lautsprecherdurchsage im ALEX von Regensburg nach München:

»Sehr geehrte Damen und Herren, willkommen in München. Bitte vergewissern Sie sich, dass Sie nichts im Abteil liegen lassen. Mäntel, Hüte, Taschen, Regenschirme, Kinder, Lebensabschnittsgefährten … besonders Kinder und Lebensabschnittsgefährten … nicht nur, weil es moralisch verwerflich wäre diese im Abteil zu vergessen. Wir haben auch immer wieder Probleme mit der artgerechten Unterbringung.«

er kam mit einem blauen auge davon

– Bremen. Bahnhof Vegesack.

Wir sitzen im Zug, der noch am Bahnhof Bremen-Vegesack steht und warten darauf, dass dieser losfährt. Auf einmal ertönt folgende Durchsage des Schaffners:

»Wenn derjenige nichts auf die Fresse haben möchte, dann sollte er bitte aus der Tür gehen!«

deutsche bahn: ihr zug fährt heute durststrecke!

– Berlin. Im RE1 zwischen Potsdam und Berlin.

Durchsage:

»Wir begrüßen die Fahrgäste im RE1 von Brandenburg nach Eisenhüttenstadt. In der Mitte des Zuges finden Sie unseren Servicewaggon mit der ersten Klasse und einem Automaten für kalte Getränke.«

(Pause)

»Der Getränkeautomat ist defekt.«

was, das kostet was?

– München. In der U-Bahn.

Fahrscheinkontrolle.

Kontrolleurin: »Grüß Gott, die Fahrscheine bitte!«
Fahrgast (genervt): »Was?«
Kontrolleurin: »Ihren Fahrschein bitte!«
Fahrgast (anklagend): »Fahrschein? Ja Fräulein, wo soll ich den jetzt bittschön hernehmen?!«

den wind aus den segeln genommen

– Düsseldorf. Messegelände.

Auf einer Bootsmesse. Zwei Männer unterhalten sich.

#1: »Diese Segelyacht is' schon ein Hammer!«
#2: »Segeln? Das ist die beschissenste Art, um an einen Ort zu kommen, an den man nie wollte!«

mitleid steht hier schlecht im kurs

– Berlin. U-Bahnhof Friedrichstraße.

Bettler: »Haste mal 'ne Mark?«
Passant: »Nöö, wir haben Euro!«
Bettler: »Haste mal 'nen Euro?«
Passant: »Nöö!«
Bettler: »Ey Mann, warum denn nicht?«
Passant: »Aus purem Egoismus!«

er arbeitet eben zielorientiert

– München. In einem Büro.

Abteilungsleiter zu Mitarbeiter: »Könnten Sie bitte die Lampen im Männer-WC austauschen?«
Mitarbeiter: »Ah ja, warum?«
Abteilungsleiter: Bei dem flackernden Licht kann ich mich nicht konzentrieren.

verspätung an den himmelspforten

– Himmelpforten. Im Metronom.

Durchsage der Reisebegleitung, kurz nachdem es zu einem längeren Halt gekommen ist:

»Meine Damen und Herren, wir verlassen Himmelpforten jetzt leider mit einer Verspätung von etwa drei Minuten aufgrund einer nicht enden wollenden Abschiedsarie am Bahnsteig und der Tatsache, dass wir immer wieder aufs Neue den Fahrradwaggon verstecken.«

neulich bei rammlers im garten

– Leverkusen.

Vater und Sohn im Nachbarsgarten spielen Tischtennis. Nach einem Punkt für den Vater kommt es zu folgendem Dialog:

Sohn: »Ey, ich fick deine Mudda!«
Vater (grinsend): »Glaub ich weniger!«

… dann (breit grinsend): »Aber ich fick deine!«

wenn schon falsch, dann richtig

– Baden-Baden.

Ein junger Mann kommt in einen Dönerladen.

Mann: »Ich hätt gern einmal Döner, mit alles!«
Türkischer Dönerverkäufer: »Mit allem, das heißt mit ALLEM!«

wine not?

– Schönberg. Strand Kalifornien.

In einem Fischrestaurant.

Dame am Nebentisch zum Kellner: »Könnten Sie mir zu dem Fisch einen Wein empfehlen?«
Kellner: »Ach, wissen se was? Die meisten Leute trinken dazu auch gern mal 'n Bier!«

er wohnt auf der bank, ist aber keine

– Berlin.

Ein Obdachloser bittet einen vorbeigehenden etwa zwanzigjährigen Typen um Geld.

Obdachloser: »Haste mal 'n Euro?«
Typ: »Ja klar, kannste 'nen Hunderter wechseln?«

böse oma, böses omen

– Bad Homburg. Louisenstraße.

In der Fußgängerzone steht eine Mutter mit Kinderwagen. Das Baby weint und schreit herzerweichend. Zwei siebzigjährige Frauen gehen vorbei. Die eine schaut in den Kinderwagen und kommentiert laut hörbar:

»Wenn der mal groß wird, verdrischt der seine Mutter! So ein boshaftes Schreien!«

ein menü nummer 5 mit cola und kittel

– Krefeld. In einem Subway-Restaurant.

Ein Kunde im Anzug mit weißem Hemd bestellt.

Kunde: »Ich hätte gern das Sub des Tages, ein Meatball mit Tomatensoße.«
Verkäufer: »Haben Sie ein Hemd zum Wechseln dabei oder nehmen Sie das Sandwich mit?«

vorfahrt im fahrpreis enthalten

– Mühlheim. Hauptbahnhof.

Im Regionalexpress RE6. Die Zugbegleiterin gibt über Lautsprecher bekannt:

»Meine Damen und Herren, die Abfahrt unseres Zuges verzögert sich leider um wenige Minuten wegen Überholung eines höherwertigen Zugproduktes. Wir bitten um Verständnis.«

Wenige Sekunden später rauscht ein ICE vorbei.

entscheidend sind die inneren werte

– Frankfurt-Bornheim.

Ein Jugendlicher rennt unvorsichtig über die Straße. Der Fahrer eines Autos bremst scharf und kommt nur knapp vor dem Jugendlichen zum Stehen. Dieser geht ganz cool über die Straße, als wäre nichts gewesen. Der Fahrer lässt die Scheibe runter und ruft ihm hinterher:

»EY, BIST DU 'N ORGANSPENDER ODER WAS?!«

next stop: unfallchirurgie

– Hagen. Hauptbahnhof.

Im ICE von Köln nach Hannover. Einfahrt in den Hagener Hauptbahnhof. Durchsage:

»Sehr geehrte Fahrgäste, in wenigen Minuten erreichen wir Hagen Hauptbahnhof. Bitte beachten Sie, dass aufgrund eines Bahnsteigfehlers beim Öffnen der Türen die Trittstufen nicht ganz ausgefahren werden können. Es wird eine Lücke zwischen Bahnsteig und Zug geben. Seien Sie beim Aussteigen also bitte vorsichtig!«

(Pause)

»Ladies and Gentlemen, welcome to Hagen. Sänk you for travelling wis Deutsche Bahn!«

Ende der Durchsage.

der neue spartarif der bahn?

– Köln. Hauptbahnhof.

Rhein-Express nach Emmerich. Eine Lautsprecherdurchsage des Zugbegleiters ertönt kurz nach Abfahrt des Zuges:

»Willkommen im Rhein-Express nach Emmerich. Ich bin Ihr Zugbegleiter von Köln nach Düsseldorf. Wer noch Fahrkarten nachlösen will: Diese kosten ab sofort den Einheitspreis von 40 Euro!«

vorausschauende bahn

– In der Regionalbahn von Berlin nach Magdeburg.

Eine Passagierin zeigt dem Schaffner auf halber Strecke (es sind noch ca. fünfzig Minuten bis Magdeburg) ihre Fahrkarte.

Schaffner: »Möchten Sie den IC nach Hannover bekommen?«
Sie: »Ja, eigentlich schon.«
Schaffner: »Ich kann Ihnen jetzt schon sagen, dass Sie den nicht bekommen werden. Den haben wir in den letzten Tagen nie geschafft.«

zebra mal anders

– Kempten im Allgäu. Im Parktheater.

Eine junge Frau steht in einem ziemlich knappen Kleid im Zebra-Look an der Bar. Ein Typ spricht sie grinsend an.

Er: »Du, wie ist denn das mit dem Verkehr am Zebrastreifen?«
Sie (trocken): »Absolutes Halteverbot – für dich sogar Stoppschild!«

kevin allein im möbelhaus

– Hanau. Im IKEA.

Lautsprecherdurchsage:

»Der kleine Kevin möchte NICHT aus dem Ballbad abgeholt werden!«

für die einen ein bahnsteig, für die anderen das längste pissoir der welt

– Hannover.

Im Zug nach einem Fußballspiel.

Durchsage: »Und wenn die Deppen in Wagen drei dann mal aufhören würden, vom Trittbrett auf den Bahnsteig zu pissen, dann könnten wir die Türen zumachen und weiterfahren.«

ballermann statt backwaren

– Würzburg-Heidingsfeld. Klosterstraße.

Eine Frau geht mit ihrem Sohn (ca. vier) auf dem Gehsteig spazieren.

Mutter: »Willst du was vom Bäcker?«
Knirps: »Nee, ich will in Urlaub!«

schnapsdrossel vs. spinatwachtel

– Hamburg. Humboldtstraße.

An der Kasse bei Aldi. Die Schlange ist kurz, vor mir wartet nur eine Frau, die schon ihre Einkäufe aufs Band gelegt hat. Ein Mann nähert sich mit einer Flasche Wodka in der Hand.

Mann (nuschelt): »Ich hab nur das.«
Frau: »Dann gucken Sie sich doch nochmal um, hier gibt's doch genug.«

klassischer bezahlservice

– Hamburg. Hadag-Fähre.

Der Mann von der Bedienung macht gerade seine Runde und schaut, ob jemand etwas zu trinken möchte. An einem Tisch fragt er:

»Na? Möchtet ihr vielleicht etwas zu trinken? Ihr seht so trocken aus.«

Gäste: »Nein. Danke, dass Sie so freundlich nachfragen.«
Er: »Freundlich bin ich nicht. Ich will nur euer Geld.«

auf dem nein-ohr ist er taub

– Bonn. In der Straßenbahn Linie 61 am Chlodwigplatz.

Mittags. Die Straßenbahn füllt sich mit Schülern. Hinter mir sitzen ein Mädel und ein Typ, der es augenscheinlich anmachen will.

Er: »Willst du heute Abend Kino?«
Sie: »Nee.«
Er: »Morgen?«
Sie: »Nein!«
Er: »Was heißt ›nein‹? Brauch isch klare Antwort!«

der traum vom fliegen aus neuer sicht

– Seddiner See. Auf einem Campingplatz.

Mann #1 sieht auf seinem Wohnwagen einen großen Klecks Vogelkot.

#1: »Boah! Scheiße is' der groß!«
#2 (im Vorbeigehen): »Sei ma froh, dass ICH nicht fliegen kann.«

... und geht weiter seines Weges.

das nächste mal: annahme verweigern

– Essehof. Im Tierpark.

Ich stehe mit meiner Kamera vor dem Vogelgehege im Tierpark und lichte gerade drei Störche ab, die sich ein paar Meter entfernt putzen und die Sonne genießen. Hinter mir tritt eine junge Familie langsam ans Gehege ran. Vater und Kind wollen näher ran, werden von der Mutter aber energisch zurückgezogen.

Mutter: »Schnell weg hier, bevor die da uns noch eins bringen!«

wenn auf der 46 das xy schief einparkt

– Berlin. Im Schloss-Straßen-Center.

Eine ältere Dame steht mit ihrem Auto auf dem Frauenparkplatz und lädt ihre Einkaufstüten in den Kofferraum. Ein älterer Herr parkt neben ihr, auch auf einem Frauenparkplatz. Als er aussteigt, spricht ihn die Dame an:

Sie: »Hallo Sie! Das ist ein Frauenparkplatz.«
Er: »Ich habe auch weibliche Gene.«
Sie (auf seinen Wagen deutend): »So wie Sie einjeparkt haben, globe ick dat ooch!«

was frauen nicht hören wollen

– Baden-Baden.

Beim Italiener. Ein Pärchen sitzt neben uns. Es sieht nach einer ganz frischen Liebe aus, denn es wird getuschelt und geflirtet ohne Ende.

Sie: »Ich bin zu dick!«
Er: »Nein, du bist nicht dick! Du bist … drall!«

BITTERE WAHRHEITEN – „DU BIST NICHT DICK! DU BIST… DRALL!"

›Im Deutschen lügt man, wenn man höflich ist‹, dichtete einst Goethe. Viel geändert hat sich daran nicht, denn hierzulande fällt man mit gnadenloser Ehrlichkeit bei seinen Mitmenschen schnell in Ungnade. Die Wahrheit kann wehtun, wie auch die Protagonisten dieses Kapitels erfahren mussten. Die folgenden Belauschnisse sind daher als Anleitung zu verstehen, ab welchem Zeitpunkt man bestimmte Gesprächsthemen besser meiden sollte. So empfehlen wir Ihnen, beim Optiker die eigene Nazi-Vergangenheit unerwähnt zu lassen. Im Friseursalon ist es ratsam, die persönliche Körperhygiene nicht anzusprechen. Und Regel Nummer eins: Wenn Sie mit Ihrer Liebsten über ihre Figur sprechen, übertreiben Sie ab einer gewissen Konfektionsgröße ruhig mit Beschönigungen! Natürlich können Sie diese Ratschläge auch ignorieren und den Weg einschlagen, den die Akteure dieses Kapitels wählten. Dann riskieren Sie jedoch lange Gesichter, dicke Enttäuschungen und dralle Beziehungskrisen. Viel Spaß mit unseren bitteren Wahrheiten!

dann besser entfetten, schneiden, föhnen?

– Innsbruck.

An einem Donnerstag beim Friseur.

Friseurin (zu einem älteren Kunden): »Waschen, schneiden, föhnen?«
Kunde: »Nee, waschen ist nicht nötig. Ich geh jeden Freitag ins Hallenbad.«

die menschliche abwrackprämie

– Lübbecke. Empfang eines Autohauses.

Ein älterer Herr (ca. 65) kommt zu mir und möchte mit einem Verkäufer sprechen. Es ist allerdings nur ein Verkäufer im Haus und der ist noch beschäftigt. So entwickelt sich folgender Dialog:

Ich: »Herr Mamsenhut hat sofort für Sie Zeit. Das dauert vielleicht noch zwei oder drei Minuten. Möchten Sie vielleicht einen Kaffee?«
Mann: »Nein! Ich möchte mit Herrn Mamsenhut sprechen!«
Ich: »Ja, er kommt ja gleich.«
Mann (schroff): »Der soll sich jetzt mal ein bisschen beeilen, sonst fahr ich zu Autohaus Schmidt! Da dauert das bestimmt nicht so lange. Ich hab nicht so viel Zeit! Ich sterbe bald!!!«

familie hiob bestätigt die regel

– Bensheim. In einer Kirche.

Der Pfarrer beendet gerade die Predigt.

Pfarrer: »Gott liebt alle Menschen. Egal, woher sie kommen oder wie sie aussehen.«
Kind (aus einer der hinteren Reihen): »Uns nicht, stimmt's Mama?«

irgendwas muss ja in den kamin

– Emmendingen. An einem Zeitungskiosk.

Kurz vor Weihnachten.

Kunde: »Ich hätte gern eine ›FAZ‹.«
Verkäuferin: »Hab keine mehr, vor den Feiertagen kaufen die Kunden jeden Mist.«

die selbsthilfegruppe kaufrausch zeigt wirkung

– Freiburg. IKEA.

Vor mir läuft eine Frau mit ihrer Freundin. Sie haben keinen Einkaufswagen, aber beide haben die Arme voll. Die eine zur anderen:

»Volle Hände sind die einzige Chance der Notwehr hier!«

sie nannten ihn chainsaw

– Berlin. Gemeindehaus Lichterfelde.

Mein Bruder, ein Punk mit beeindruckendem Irokesenschnitt, hat zur Feier seines 16. Geburtstages in den Partyraum eines Gemeindehauses geladen. Um ein paar Dinge vorzubereiten, trifft er dort etwas früher ein. Die vorherige Party, ein Kindergeburtstag, endet gerade.

Das Geburtstagskind schaut meinen Bruder mit großen Augen an und brüllt anschließend:

»PAPA! PAPA! SCHAU MAL, DER MANN DA HAT EINE SÄGE AUF DEM KOPF!«

braune vergangenheit, grüne zukunft?

– Mannheim. Bei einem Optiker.

Ein älterer Herr steht an der Kasse. Der Optiker gibt ihm ein grünes Brillenetui.

Optiker: »Wir haben auch andere Farben. Wollen Sie lieber ein braunes?«
Älterer Herr: »Meine Jugend war braun genug!«

antiautoritär wurde sie schon selbst erzogen

– Wien. U3 Richtung Ottakring.

Eine junge Mutter sitzt SMS-schreibend in der U-Bahn. Ihre höchstens zweijährige Tochter sitzt im Kinderwagen daneben und quengelt herum. Sie deutet ständig auf die orangefarbenen Plastikhalteschleifen, die von der Decke baumeln. Die Mutter fühlt sich durch ihre Tochter gestört und schreit sie an:

»Das sind Haltegriffe, die kannst du nicht haben! Mann! Denk doch mal nach, echt!«

das rauchverbot und seine folgen

– Bremen. In der Disco Woody's.

Ein Mann hat sich gerade beim Barkeeper eine Flasche Ballantine's, Eis und vier Gläser besorgt, um damit eine Horde Frauen auf sich aufmerksam zu machen. Ein weiterer Gast spricht ihn an:

»Rauchst du?«

Der Angesprochene erwidert: »Ich rauche nicht. Ich ficke nur und ich prügele nur!«

die geister, die er rief …

– Bremen. Esprit-Outlet-Store.

Ein junger Mann kommt mit zwei Freundinnen in den überfüllten Factory-Outlet-Store von Esprit.

Er: »Ich glaub's nicht, die Leute stehen alle mit komplett randvoll bepackten Einkaufswagen vor den Umkleidekabinen!«
Sie: »Ja und? Das tun wir auch gleich …«

die letzten klingeln an türen

– Hannover. Hauptbahnhof.

Im Westfalenexpress Richtung Hannover. Der Zug ist kurz vor der Einfahrt in den Bahnhof Hannover. Vor den Zugtüren steht eine Mutter mit Sohn und Tochter (ca. fünf).

Tochter: »Mama, bist du eigentlich schon dreißig?«
Mutter: »Nein, warum fragst du?«
Tochter: »Weil wenn du bis dahin noch keinen Papa für uns gefunden hast, musst du Klinken putzen gehen!«

kuckucksuhren-overkill?

– Hinterzarten. Gasthof Sternen.

Ein älteres englisches Ehepaar beim Besuch im Schwarzwald. Sie haben gerade den Gasthof betreten.

Mann genervt zu seiner Frau: »Oh my God, just another fucking shit!«

sie stand schon immer mehr auf perser

– Kiel. Gutenbergstraße.

Ein Ehepaar ist beim Max-Bahr-Baumarkt einkaufen. Offensichtlich unterscheiden sich die Meinungen, was denn nun wirklich benötigt wird.

Frau: »Ach guck mal Schatz, da gibt's günstige Teppiche im Angebot.«
Mann (schon mittelherb angepisst): »Was sollen wir denn mit noch mehr Teppichen?«
Frau (schielt im Vorbeilaufen nochmal auf das Plakat und murmelt in sich rein): »1,60 lang und 1 Meter breit, da würdest du zum Beispiel reinpassen.«

nächstes mal gibt es wieder 'nen bier und 'nen selbstgespräch

– Trier. In einer Kneipe.

Mann: »Ich will aber nicht allein trinken, da komm ich mir doof vor.«
Frau: »Wieso?! Du redest ja auch, ohne dass wir zuhören.«

da bleibt einem glatt die luft weg

– Kehl. In einem Kaufhaus.

Es ist verkaufsoffener Sonntag. Die Kassenschlange ist extrem lang. Eine ältere Dame läuft zielstrebig ganz nach vorne zur Kassiererin.

Ältere Frau: »Darf ich bitte schnell bezahlen, es ist so heiß hier drin. Das Atmen fällt mir sehr schwer und ich muss schnell an die frische Luft.«

Die Kassiererin fragt die Kundin, die eigentlich an der Reihe wäre, ob es ihr was ausmache, wenn sie die ältere Frau zuerst kassiere. Diese verneint.

Kassiererin (zur älteren Frau): »Was möchten Sie denn?«
Ältere Frau: »Zwei Päckchen L&M-Zigaretten!«

startschuss für den strandmarathon!

– Rosapineta (Italien). Am Strand.

Nebenan liegt eine deutsche Familie. Der Vater schaut einer vorbeilaufenden, knackig-braunen Strandschönheit mit knappem Bikini hinterher. Zwinkernd sagt er zu Frau (gelangweilt dösend) und Tochter (ca. neun):

»Ob ich die junge Dame noch einhole, wenn ich hinter ihr herrenne?«

Tochter (ganz trocken): »Nicht, wenn sie einen Rückspiegel hat.«

only the good die young

– Hamburg. Jungfernstieg.

Nachts um halb drei. Die U-Bahn ist überfüllt mit Nachtschwärmern. Die meisten sind schon ziemlich betrunken. Die U-Bahn hält an und zwei rotzbesoffene, leicht vergammelte Mittdreißiger stolpern auf den Bahnsteig. Dabei stürzen sie beinahe zu Boden.

#1: »Oh … Hoppalla!«
#2: »Jaja, die Besten sterben jung …«
#1 (sinnierend): »… aber Gott sei Dank sind wir ja nicht die Besten.«

so sieht hygiene aus, schalalalala …

– München. Allianz Arena, Herrentoilette vor Block 320.

In der Halbzeitpause des Audi-Cups (Bayern vs. Milan). Zwei Bayernfans (ca. 25) gehen vom Pissoir in Richtung Ausgang. Plötzlich macht der eine kehrt.

#*1:* »Halt, noch schnell Hände waschen.«
#*2:* »Wieso, was hast'n du heut noch vor?«

nach dem duschen ins wasser gefallen

– Aschaffenburg. Vor der Apfelbaum-Nightlife-Disco.

Eine etwas längere Warteschlange vor der Disco. Nachdem die Wartezeit vor dem Club von ca. einer Stunde von drei jungen Männern mit einer Schachtel Zigaretten und sechs Dosen Bier erfolgreich überbrückt wurde, ist endlich der Moment gekommen, ganz vorne in der Reihe zu stehen.

Kurzer Blick vom Türsteher: »Sorry Jungs, aber heute nur Stammgäste.«

Während die ersten beiden noch mit dem Türsteher diskutieren, dreht sich der Dritte bereits um, läuft langsam von der Tür zurück in Richtung Parkplatz und murmelt leicht frustriert in sich hinein:

»Na toll … und dafür hab ich heut extra geduscht oder was?«

nächster stock: himmelstor

– Buxtehude.

Im Fahrstuhl treffen sich ein Mann und eine Frau.

Sie: »Hallo Herr Eierschrat, wie geht es Ihnen denn so?«
Er: »Ach, seit der Chemo nicht so gut.«

Der Fahrstuhl hält. Sie steigt aus und sagt:

»Also dann alles Gute, falls wir uns nicht mehr sehen …«

das leben ist kein mc-wunschkonzert

– Bielefeld. McDonald's am Hauptbahnhof.

Kundin: »Ich hätte gerne einen Donut.«
Bedienung: »Schokolade oder Zucker?«
Kundin: »Das ist mir egal.«
Bedienung (bestimmter): »Schokolade oder Zucker?«
Kundin: »Dann Schokolade.«
Bedienung: »Haben wir nicht mehr!«

er weiß, wovon er spricht

– Berlin. Dunckerstraße.

Eine Frau schiebt ihr Fahrrad auf dem Bürgersteig. Im Kindersitz sitzt ihr laut schreiendes, zirka dreijähriges Kind. Sie überholt einen Mann, der ebenfalls sein sehr altes, klappriges Fahrrad schiebt, behangen mit Beuteln voller Flaschen, bepackt mit ein paar Klamotten. Als das schreiende Kind direkt neben ihm ist, sagt er mit sehr trockener, ernster Stimme:

»Das wird alles noch viel, viel schlimmer!«

es spricht der neid

– Bremen. Im Biergarten Haus am Walde.

Beim Open-Air-Kino steht eine sehr lange Warteschlange vor den Damentoiletten. Bei den Herren herrscht ein fröhliches Kommen und Gehen. Ein kleines Mädchen steht mit seiner Mutter hinten in der Schlange.

Mädchen: »Mama, warum ist bei den Männern keine Warteschlange?«
Mutter (leicht angewidert): »Weil die sich nicht die Hände waschen!«

dumm, wenn er nicht dumm genug ist

– Mannheim. Zu Hause.

Ein befreundetes Pärchen ist zu Besuch. Er sagt irgendwas Doofes.

Sie: »Du bist ja schon ein bisschen dumm!«
Er: »Dumm fickt gut!«
Sie: »So dumm bist du nun auch wieder nicht.«

use condoms!

– Hamburg-Winterhude. Krochmannstraße.

Eine Mutter versucht auf der Straße ihr wirklich anstrengend schreiendes Kind zu beruhigen. Völlig entnervt und die Augen verdrehend murmelt sie schließlich zu sich selbst:

»Ich glaube es nicht! Du wirst echt so ein Mensch, der sich schreiend im Supermarkt auf den Boden wirft!«

rapide das klima im zug verbessert

– Köln. In einem Regionalexpress.

Durchsage: »Eine kurze Information, bevor genörgelt wird. Die Klimaanlage in diesem Zug ist nicht defekt, es gibt keine.«

bloß weit weg vom weihnachtsbaum

– Augsburg. Rotes Tor.

In der Straßenbahn. Telefonat auf dem Sitz hinter mir. Typ (ca. 25) mit Baseballcap tief im Gesicht:

»Ich fliege am 24.12.«

(Pause)

»Ja … in die USA … ja … Freund besuchen!«

(Pause)

Er wird jetzt immer lauter: »Ja! Am 24.12.!«

(Pause)

»WARUM NICHT? ICH HAB KEINEN BOCK AUF MEINE SCHEISSFAMILIE! NEE DANKE!«

juhu, mein tag ist negativ

– Koblenz. In einem Schlecker.

Ein Mädchen (ca. zwanzig) kauft einen Schwangerschaftstest.

Kassiererin: »Schönen Tag noch!«
Mädchen: »Ja … hoffentlich.«

gefrorene geheimnisse

– Düsseldorf. Universität.

Montagmittag nach der Uni. Zwei Studenten (Mitte zwanzig) sind auf dem Weg zur Straßenbahnhaltestelle.

#1: »Ich hasse Montage! Da hab ich nie etwas Vernünftiges zu essen im Haus, weil ich am Wochenende schon immer das ganze gute Zeugs esse.«
#2: »Die Hamburger?«
#1: »Ja und Pizza und Hot Dogs … jetzt hab ich nur noch Pilze im Tiefkühlfach!«
#2: »Wieso hast du Pilze im Tiefkühlfach?«
#1: »Na ja, das sieht nicht so dolle aus, wenn man im Tiefkühlfach nur 'ne aufblasbare Gummipuppe liegen hat, also hab ich Gemüse davorgestellt!«

liebesgrüße ins jenseits

– München. Naupliastraße.

Die Oma liegt mit Herzbeschwerden in der Klinik. Ihre Tochter macht sich auf den Weg, sie zu besuchen. Der Enkel ruft aus dem ersten Stock hinterher:

»Wenns stirbt, an schena Gruaß von mir.«

blamage to go

– Hamburg. In einem Coffeeshop.

Ein Ehepaar (um die fünfzig) bestellt.

Bedienung: »Was darf's sein?«
Sie: »Einen großen Cappu.«
Bedienung (zu ihm): »Und für Sie?«
Er: »Eine Latte.«
Sie: »Hattest DU schon lange nicht mehr.«
Bedienung (kriegt sich nicht mehr ein): »Ich geb Ihnen die Getränke aus!«

der edle tropfen und der arme schlucker

– Köln-Mülheim. Kaufland.

Drei junge Typen stehen vor dem Whiskeyregal. Sie überlegen, welchen sie nehmen sollen und entscheiden sich schließlich für eine der teureren Sorten. Neben ihnen steht ein Mann und raunzt sie an.

Mann: »Da müsste ich drei Tage für arbeiten!«
Junger Typ: »Was arbeiteste denn?«
Mann: »Ja nix natürlich!«

die bremer stadtquerulanten

– Bremen. Straßenbahnhaltestelle St.-Jürgen-Straße.

Am frühen Mittwochmorgen in Bremen. Ein Herr in Begleitung einer Frau ist offenbar erbost über die verspätete Straßenbahn und schimpft:

»Diese Scheißstadt ist das Letzte. Dieses scheiß Bremen! Eine Stadt nur für Psychologen, Hartz-IV-Empfänger und Klugscheißer!!!«

meine mutter, der bär

– Potsdam. Luisenplatz.

Mein Sohn (vier) sitzt mit mir in der Straßenbahn und betrachtet mit sichtlichem Interesse einen Mann mit dichtem schwarzem Vollbart. In sich versunken sitzt er so einige Sekunden völlig bewegungslos. Plötzlich spricht er den verdutzten Mann an:

»Meine Mama hat auch ganz viele Haare!«

(Pause)

»Am Po.«

schieb es auf die dunkelheit

– Landsberg.

Eine 31-jährige Frau und ein Mann sitzen in großer Runde am Lagerfeuer.

Sie: »Schätzen Sie doch mal wie alt ich bin.«
Er: »38?«
Sie: »Jetzt hören Sie mal zu! Wenn Sie eine Frau schätzen, müssen Sie immer zehn Jahre abziehen, um sie nicht zu verärgern!«
Er: »Ja ich weiß, hab ich ja auch schon.«

besser filialleiter als rechenkönig

– Marl. In einer Plus-Filiale.

Ein kleiner Junge, der mit seiner Mutter vor mir in der Schlange steht, liest die Preise aller gerade gescannten Artikel von der Kasse ab und versucht, jeweils einen Gesamtbetrag zusammenzurechnen.

Kassiererin (scherzhaft): »Na, jetzt nimm mir hier nicht meinen Job weg!«

Der Junge grinst verschämt und die Mutter erwidert:

»Nee! Der soll lieber in der Schule bleiben und was Richtiges lernen!«

deutschland, kein sommermärchen

– Köln.

Sommer 2009 während einer Hitzewelle. Im Wartezimmer beim Arzt. Mir gegenüber sitzen zwei ältere Damen, beide in Schweiß gebadet und mit hochrotem Kopf. Sie wedeln sich mit Zeitschriften Luft zu und japsen rum.

#1: »Gott ist das grässlich, diese Hitze!«
#2: »So weit ich weiß, soll es Ende der Woche kühler werden.«
#1 (total erbost): »Wie, war es das etwa schon wieder mit dem Sommer???«

die wissen wie der hase läuft

– Zwischen Hamburg und Bremen. Im Intercity.

Eine Frau (Ende zwanzig) sitzt mit ihren zwei Töchtern (ca. vier und sechs) im Großraumabteil des IC. Die Kinder malen am Tisch und unterhalten sich mit ihrer Mutter.

Mutter: »Auf was freut ihr euch denn am meisten bei Oma und Opa?«
Jüngere Tochter: »Auf die Kois!«
Mutter: »Also ich freu mich auf zwei Tage Feiern ohne Kinder.«
Ältere Tochter: »Meinst du Feiern im Sinne von Saufen?«

nehme ich jetzt die grünen oder die roten?

– Marburg. Vor einem Kino.

Am Abend vor der Bundestagswahl. Es ist eiskalt. Vor dem Kino stehen einige JuSos in dicken Winterjacken und wollen auf den letzten Drücker noch ein paar Stimmen gewinnen. Ein JuSo hält zwei Mädchen an, die gerade ins Kino wollen.

JuSo: »Hätten Sie vielleicht kurz Zeit?«
Mädchen #1 (sehr ablehnend): »Eigentlich nicht und außerdem friere ich.«
JuSo: »Nur zwei Minuten …«
Mädchen #1 (genervt): »Wenn es sein muss.«

Er redet fast zehn Minuten über soziale Gerechtigkeit, dann:

JuSo: »… kann die SPD also auf Ihre Stimme zählen?«
Mädchen #2: »Nein.«
JuSo: »Bedeutet soziale Gerechtigkeit Ihnen nichts?«
Mädchen #1: »Das verspricht mir doch jede Partei.«
JuSo: »Hmm … jaa … (mit leuchtenden Augen) ich hab aber auch Gummibärchen!«

no country for old stasi-agenten

– Dresden. In einem Media Markt.

Ein Kunde kommt aufgeregt und schnellen Schrittes zu einem Mitarbeiter.

Kunde: »Hallo hallo, da hinten klaut gerade ein Jugendlicher ein PC-Spiel ab 18!«
Mitarbeiter: »Nicht meine Abteilung.«

steuerliche vorteile?

– Greifswald. Am Markt vor dem Rathaus.

Vor dem Rathaus steht eine Hochzeitsgesellschaft und wartet auf das Brautpaar. Beide kommen heraus und werden gefeiert und schneiden dann mit Nagelscheren aus einem Laken das obligatorische Herz aus. Ein alter Mann kommt vorbei und sagt leise und verärgert:

»Na, die werden schon sehen, was sie davon haben!«

dafür verkaufen sie mehr windeln

– Gotha. Im Netto am Bahnhof.

An der Kasse. Eine junge Frau (ca. zwanzig) ist offensichtlich auf der Suche nach Kondomen. Als sie bemerkt, dass Netto keine im Sortiment hat, sagt sie aufgebracht zu ihrem Begleiter:

»Kein Wunder, dass die ganzen Assis so viele Kinder kriegen. Bei Netto gibt's ja noch nicht mal Kondome!«

vielleicht einen kinderföhn für die badewanne?

– Freiburg im Breisgau. Augustinerplatz.

Im Spielzeugladen Holzpferd. Kundengespräch zwischen Kundin und Verkäufer.

Kundin: »Ich brauche etwas für einen sechs Jahre alten Jungen: So ein richtiger Kotzbrocken. Sohn eines Zahnarztes, freut sich über nichts, hat alles, konsumiert nur wie ein Blöder. Und ausgerechnet so einer ist auch noch in der Verwandtschaft!«
Verkäufer: »Puh, das wird schwer …«

la vie en rose

– Mühlhausen. Am Marktplatz.

Zwei ältere Herren unterhalten sich.

#1: »Aber sonst geht's dir gut, Herbert?«
#2: »Ach weißt ja, das Alter. Seit 'ner Woche hab ich Blut im Urin.«
#1: »Ja, das ist toll. Das färbt die Kloschüssel so herrlich rosa.«

konferenz in rüsselsheim?

– Wuppertal. Im Zoo.

Kind steht mit seinem Vater vor dem Elefantengehege und schaut die Babyelefanten an. Der Vater fummelt am Handy rum.

Kind: »Papa, wo ist denn der Papa von den kleinen Elefanten?«

Vater antwortet nicht.

Kind (nochmals): »Papaaa, wo ist der Papa von den kleinen Elefanten?«

Wieder keine Antwort, Vater geht weg zum Telefonieren.

Kind (schulterzuckend zu sich selbst): »Der ist bestimmt im Büro.«

voller tag und volle hose

– Hamburg. In der U-Bahn.

Eine Mutter steigt mit ihrem Sohn und seinem Freund (beide ca. sechs) in die U-Bahn ein.

Mutter: »Und was habt ihr heute so im Kindergarten gemacht?«
Freund: »Wir haben in die Hosen gemacht!«

abwischen oder abdanken

– Freyburg.

Ein kleines Mädchen (ca. drei) tritt beim Anziehen mit seinem Stiefelchen aus Versehen auf den unbeschuhten Zeh seines Vaters.

Vater: »Hey, das kannst du doch nicht machen, da geh ich doch kaputt.«
Mädchen: »Stimmt, ich brauch dich ja noch!«
Vater: »Ach wirklich, wozu denn?«
Mädchen: »Zum Abputzen. Das kann ich ja noch nich.«

hüften lügen nicht

– Flensburg. In einem Bekleidungsgeschäft in der Fußgängerzone.

Kundin möchte eine Jeans kaufen und bekommt von der Verkäuferin eine Auswahl an Hosen herausgesucht.

Kundin: »Haben Sie nicht noch eine bessere für mich?«
Verkäuferin: »Nee, sorry, breitere haben wir nicht! Ihre Hüften liegen auch irgendwie gerade gar nicht im Trend!«

hoffentlich ist sie auch seelisch ein dickhäuter

– Düsseldorf.

Meine Schwägerin betrachtet kritisch ihr Spiegelbild.

Sie: »Ich bin ein Elefant!«

Mein Neffe (drei) schaut sie verwundert an und sagt:

»Mama, du bist doch kein Elefant … du bist dick.«

ich rieche was, was du auch riechst

– Papenburg. Gutshofstraße.

Im Supermarkt. Mutter steht mit ihrem Kind an der Kasse.

Kind: »Du Mama, riech mal, mein Finger riecht ganz komisch!«
Mutter: »Mhmm, wie kommt das denn?«
Kind: »Na ja, den hat ich gerade noch in der Hose …«

tot vor einfahrt

– Berlin. Hauptbahnhof.

Eine ältere Dame fragt die Aufsicht auf dem Bahnsteig.

Dame: »Wann fährt denn der letzte Zug nach Frankfurt?«
Bahnaufsicht: »Ich fürchte, das werden Sie nicht mehr erleben.«

der stör unter den adipösen

– Hamburg. In der U-Bahn.

Zwei Mädels unterhalten sich über Körperfettbanden in Taiwan. Eine neigt zu starkem Übergewicht.

Übergewichtige: »… und ich darf jetzt nicht mehr raus, ich bin doch das Kaviar unter den Fetten!«

beruf verfehlt?

– Zwischen Bremen und Vegesack. Im Zug.

Ich sitze zusammen mit einer Grundschulklasse im Zug. Der Kontrolleur kommt und unterhält sich kurz mit der Lehrerin. Er verabschiedet sich mit den Worten:

»... und immer schön Hausaufgaben kontrollieren, nicht, dass se mal zur Bahn müssen!«

von der waschstraße ist er anderes gewöhnt

– Köln. In einem Kindergarten.

Vater (zu Erzieherin): »Warum ist mein Kind eigentlich immer so dreckig? Ich geb das sauber ab und bekomm es dreckig wieder!«

etwas durch die blume sagen

– Lübeck. Breite Straße.

Ehepaar (ca. 35) in der Fußgängerzone.

Sie (begeistert): »Schau mal, die Frau da vorn trägt die gleichen bunten Leggins wie ich!«
Er: »Ja, aber bei dir sind die Blumen irgendwie größer.«

dauerwelle für trauerfälle

– Schwäbisch Gmünd. Im Friseursalon The Look.

Eine Frau um die fünfzig kommt in den Salon, um ihre Mutter (ca. achtzig) abzuholen. Die sitzt aber noch unter der Trockenhaube und braucht noch eine Weile. Da beugt sich die Frau zu ihrer Mutter hinunter und sagt ihr laut ins Ohr:

»Weißt Mutti, ich war grad hier auf dem Friedhof und hab gedacht, ich schau mal vorbei und guck, wie weit du schon bist …!«

cheeseburger, 'ne große pommes und die bittere wahrheit

– Schweinfurt. McDonald's in der Niederwerrnerstraße.

Kundin (zu Angestelltem): »Sie sind ganz schön lahm. Ist das Ihr erster Tag, oder was?«
Angestellter: »Ja schon, tut mir leid.«
Kundin: »Kein Problem, Sie lernen das auch noch. Ich kenn das, ich hab vier Jungs, die arbeiten auch alle bei so Fastfood-Läden.«
Angestellter: »Na, das ist doch schön.«
Kundin: »Nein ist es nicht. Das ist traurig!«

eindeutig kein american express

– Buchloe. Bahnhof.

Gleis 1 an einem kalten Novemberabend. Ein an der Kleidung deutlich als amerikanisch erkennbares Seniorenehepaar schleppt mit letzter Kraft mehrere Koffer die Treppe zum Bahnsteig hinauf. Fast oben angekommen, ruft die Dame dem in der Tür des abfahrbereiten Zuges stehenden Schaffner keuchend zu:

»Is this the train to Koofbörn [Kaufbeuren]?«

Der freundliche Bahnbedienstete ruft in bestem Englisch zurück:

»Yessss, but you're too late!!!«

Er winkt dem Lokführer zu und schließt die Tür. Der Zug fährt ab.

es lebe der zwergenaufstand!

– Sonthofen.

Mutter näht ein Faschingskostüm für ihren Sohn (fünf). Als er nach Hause kommt, soll er es anprobieren.

Sohn: »Mama, damit seh ich nich aus wie ein Zwerg. Ich seh aus wie ein Depp … wie ein Volldepp!«

burg statt burka?

– Dortmund. In der Fußgängerzone vor der Reinoldikirche.

Eine bis auf die Augenschlitze schwarz verschleierte Muslima läuft die Straße entlang. Ein Mann mit seinem kleinen Sohn (ca. vier) kommt ihr entgegen. Der Junge bemerkt die Frau, stellt sich vor sie und fragt mit großen Augen:

»Bist du der schwarze Ritter?«

WILDE ZEITEN – „BIST DU DER SCHWARZE RITTER?"

Globalisierung, demografischer Wandel, soziale Kälte – große Worte und doch nur ein kleiner Versuch zu erklären, was da eigentlich gerade so vor sich geht, da draußen auf den Straßen dieser Welt. Denn dass da was passiert, ist ziemlich offensichtlich. Sie müssen nur einmal vor die eigene Haustür treten und die Ohren spitzen. Hören Sie es auch?! Man könnte jetzt sagen: Die Zeiten ändern sich eben, das ist immer so gewesen, nichts Neues. Wir sagen: Alles ist neu und die Zeiten sind wilder denn je! In einer Welt, die sich durchmischt wie ein Obstsalat, gelten andere Regeln. Frei nach dem Motto ›heute hier, morgen dort‹ treffen Menschen aufeinander, die so viel gemeinsam haben, wie Leberwurst und Sojasprossen. Sind Sie bereit für die Post-Trans-Anti-Mega-Moderne?

wet bambi

– Berlin. Im Zoo.

Ein kleiner Junge (ca. fünf), offensichtlich ein echtes Stadtkind, steht mit seiner Mutter am Seelöwenteich im Berliner Tierpark und beobachtet die Tiere, wie sie springen und schwimmen. Er ist begeistert. Dann fragt er seine Mutter ganz unschuldig:

»Mama, sind das Rehe???«

die langeweile weggespült

– Hamburg. U-Bahn Gänsemarkt in Richtung Hbf.

Vor mir sitzen zwei junge Männer. Schätzungsweise um die 18 Jahre alt und mit Migrationshintergrund.

#1: »Was hast du Wochenende gemacht, Alda?«
#2: »BOOOOOOA, Wochenende war so langweilig, ey. Samstagabend hab ich fast Buch gelesen. Aber dann hat zum Glück Kollege angerufen … sind wir saufen gegangen.«

die jäger der verlorenen kamelle

– Köln. Neumarkt.

Am Karnevalsmontag geht auf dem zentralen Platz in Köln der Punk ab. Überall wird gefeiert. Wir kommen gerade aus der U-Bahn und stehen so, dass man die großen Bagagewagen schon vom Zug aus sehen kann. Eine vierköpfige türkische Familie kommt händewinkend und hektisch auf uns zu.

Vater: »Ey, wo is hier Karneval?«

Mir fällt darauf keine Antwort ein, weil ich die versteckten Kameras suche und völlig verdutzt bin. Darauf der Sohn zu meiner Freundin:

»Ey ja Mann, Alda, wo schmeißen die hier die Sachen?«

1:0 für nietzsche

– Friedberg. Im Bus.

Ich sitze im Bus auf dem Weg zur Schule. Hinter mir unterhalten sich zwei Grundschüler über ihren Religionsunterricht, als das eine Kind zum anderen sagt:

»Du, wir müssen mal darüber reden, wie Gott gestorben ist …«

ob da vielleicht der aggro-berlin-fanclub zustieg?

– Essen. Im Zug.

In der sehr überfüllten Bahn von Dortmund nach Köln. Kurz nach Essen-Hauptbahnhof meldet sich der Schaffner:

»Sehr geehrte Reisende, bitte achten Sie auf Ihr Gepäck und Ihre Handtaschen, wir haben Musikanten im Zug.«

Ältere Dame: »Jaja, das hätt's früher nicht gegeben ... Musikanten.«

voll dick ist nicht voll fett

– Stuttgart. Im Kaufland.

Zwei Jungs (ca. 13) suchen sich im Supermarkt Süßigkeiten aus.

#1: »Ey, wir nehmen die Soft-Cakes hier, mit Orange, okay?«
#2: »1500 Kalorien, sag mal spinnst du? Such was anderes!«

junge leute verbreiten bombige stimmung

– Chemnitz. Im Bus, Linie 31.

Jährlich findet in Chemnitz ein Stadtmarathon statt. Dies führt dazu, dass die Innenstadt teilweise für Privatfahrzeuge gesperrt ist und Busse und Straßenbahnen mit Hilfe der Verkehrspolizei weitergeleitet werden. In einem bereits fünf Minuten wartenden Bus sagt eine ältere Dame zu ihrer nicht aus Chemnitz stammenden Freundin:

»Dafür muss man doch Verständnis haben! Heute ist doch in Chemnitz dieser Amoklauf. Diese jungen Leute machen wenigstens was für ihre Gesundheit!«

nebenwirkung von ›tokio hotel‹?

– Dresden. In einer Drogerie.

Ich höre das Gespräch zweier etwa 15-jähriger Jungs mit. Sie stehen vor dem Regal mit den Schwangerschaftstests und beraten sich. Einer der beiden:

»Also, wir nehmen immer den hier …«

groß geworden auf der neverland ranch?

– Kiel. In der Diskothek Atrium.

Zwei südländische Typen um die dreißig an der Bar.

#1: »Ey Alda, ich mein, würdest du für eine Million Euro mit zwölf Männern in die Kiste steigen?«
#2 (ernst): »Ich würde alles machen, um mit zwölf Männern in die Kiste zu kommen.«

Darauf geht der eine empört weg, der zweite bleibt überrascht und verwundert stehen.

erwachsen auf probe?

– Hannover. Im Zug nach Osnabrück.

Der Zug ist äußerst überfüllt, sehr viele Fahrgäste sitzen auf den Treppenstufen. Eine sehr junge Mutter (ca. 16), ihre kaum ältere Schwester und der etwa zehnjährige Bruder sitzen vor mir. Das Baby der Teenie-Mutter schreit unentwegt und lässt sich nicht beruhigen.

Teenie-Mutti (schreit ihren Bruder an): »Jetzt gib den MP3 … sofort!«

Sie reißt dem Jungen das Gerät aus der Hand und stöpselt dem Baby die viel zu laute Musik in die Ohren. Das kleine Kind schreit jetzt umso lauter.

Teenie-Mutti: »Kein Wunder, is' ja auch kein Lady Gaga drauf.«

wie oft ein punk dann wohl schon verheiratet ist?

– Hamburg. In einem Geschäft.

Eine Angestellte hat ein Lippenpiercing. Eine Mutter mit Sohn bezahlt ihren Einkauf und sie verlassen das Geschäft. Beim Hinausgehen flüstert der kleine Junge zu seiner Mutter:

»Guck mal Mama, die trägt ihren Ehering in der Lippe!«

grasklare reisepläne

– Senftenberg.

Eine Familie sitzt gemeinsam zum Abendessen am Tisch. Oma (Mitte siebzig) spricht ihren Enkel an.

Oma: »Und, fährst du im Sommer nochmal nach Holland?«
Enkel: »Jap.«
Oma: »Zum Kiffen, was?«

selbsterkenntnis ist der erste weg zur besserung

– Herne. Gymnasium Eickel.

Ein Mädchen (zwischen 14 und 16, sehr aufgestylt) hält einen Vortrag im Fach Politik. Sie hat sich schlecht über das Thema informiert und wird von der Lehrerin zurechtgewiesen.

Lehrerin: »Weißt du denn überhaupt nichts?«
Schülerin: »Ja, tut mir leid! Ich guck nur ›Taff‹.«

hauptsache, der name stimmt, was drin ist, ist mir egal

– Berlin. U2 Richtung Pankow.

Drei Damen (vom Aussehen Büroangestellte) unterhalten sich.

#1: »Und dann war ich bei dieser Lesung von diesem Schauspieler, von dem jetzt alle reden. Nicht so mein Ding eigentlich, aber da muss man echt hin.«
#2: »Echt? Ach ja. Da hab ich auch von gehört.«
#3: »Das soll ja total düster sein und total krass sein.«
#1: »Ja, war es auch.«
#2: »Und was hat er so gelesen?«
#1: »Das hab ich nicht verstanden.«

der krieg ums wasser hat begonnen

– Auf dem Haldern Pop-Festival 2009.

Auf dem Zeltplatz, Samstagmorgen, neun Uhr.

Typ #1 (entsetzt zu Typ #2): »Was machst du denn mit dem Wasser?!«
Typ #2 (leicht irritiert): »Trinken.«
Typ #1: »Bist du bescheuert? Das ist zum Zähneputzen, wir ham doch Bier!«

respekt für die sohle

– Hamburg. Mönkebergstraße.

Ein Pärchen kommt aus einem Foot Locker. Er: Typ ›Abo für die Hantelbank‹. Sie: blond, Hauptwohnsitz Sonnenbank.

Sie: »Schatz, meinst du nicht, dass die Turnschuhe jetzt zu teuer waren?«
Er (greift sich in den Schritt): »Ey, Baby, is wegen die Respekt!«

was lehrer heute schlucken müssen

– Monheim. In einer Schule.

Neulich im Geschichtsunterricht. Eine Schülerin mampft genüsslich und nur wenig um Heimlichkeit bemüht an ihrem Brötchen herum.

Lehrer: »Würdest du bitte sofort dein Brötchen wegpacken?«

Schülerin verdreht die Augen, beißt noch einmal herzhaft in ihr Brötchen, bevor sie es in ihren Rucksack packt. Sie erwidert den mahnenden Blick des Lehrers ausgiebig kauend.

Lehrer (genervt): »Und jetzt runterschlucken …«
Schülerin (mit vollem Mund): »Schlucken kostet aber extra.«

vor safer sex kommt safer play

– Düsseldorf. Auf einem Spielplatz.

Zwei Jungen (beide ca. fünf) unterhalten sich im Sandkasten.

#1: »Du David, ich habe gehört, dass du eine Freundin hast.«
#2: »Ja, die Julie.«
#1: »Du weißt ja, dass du aufpassen musst.«

made in germany

– Bonn. Am Hauptbahnhof.

Ich stehe an einem Hähnchenstand und gebe gerade meine Bestellung auf, als hinter mir zwei junge Checker auftauchen.

#1: »Ey Alda … aber isch hab keine Bock auf scheiß Hähnchenschenkelscheißedreck!«
#2: »Scheiß auf scheiß Hähnchenschenkelscheißedreck. Nimm ma Spießbratenbrötchen!«
#1: »Was denn das? Spießbrötchen?«
#2: »Is deutsche Döner, is korrekt Mann!«

aufstehen ist relativ

– Mainz. Im Bus der Linie 6.

Zwei ziemlich junge Studentinnen unterhalten sich miteinander.

#1: »Boah, ich hab heute noch überhaupt nix gegessen, mir knurrt vielleicht der Magen!«
#2: »Wieso, haste denn nix gefrühstückt?«
#1: »Nee du, ich musste heute wegen der Vorlesung schon um ZEHN UHR aufstehen. Da ist mir jede Minute heilig!«
#2: »Oh, das kann ich verstehen, geht mir genauso. So früh morgens krieg ich auch noch nix runter.«

mama, der paukerschreck

– Köln. Georg-Simon-Ohm-Berufskolleg.

Aus Richtung Lehrerzimmer kommen ein Junge, zwischen 16 und 18 Jahre, und seine Mutter. Sie sehen beide wie die typischen durchschnittlichen Reihenhausbürger aus.

Mutter: »Ey, hasse die Typen da im Lehrerzimmer gesehn, ey? Alles Spastis! Und der eine mitter Glatze ... ey, 100 Prozent Spasti, schwör!«

Ihr Sohn nickt nur bekräftigend.

video killed more than the radio star

– Aachen. In der Fußgängerzone.

Im Woolworth steht ein kleiner Junge (ca. vier) am Bücherregal. Seine Mutter ruft ihm zu:

»Kevin, komm von die Bücher weg ... wir lesen nicht!«

haarige angelegenheit

– Köln. In der S-Bahn.

S12 Höhe Ehrenfeld. Ein offensichtlich der Emo-Szene zugehöriger junger Mann mit ins Gesicht gezogenen schwarzen Haaren telefoniert:

»Ja, meine Eltern haben mich vorhin rausgeschmissen … die haben echt voll durchgedreht … ich such jetzt erstmal einen Platz zum Schlafen heute Nacht … zuerst haben sie mir meinen Computer weggenommen und haben meinen Base-Vertrag gekündigt … und mein Glätteisen haben sie mir auch weggenommen!«

trotz abschluss keine klasse

– Paderborn. Beim Fotografen.

Wir treffen uns beim Fotografen, um Fotos für die Abizeitung zu machen. Ein paar Mädels sind besonders aufgetakelt. Da stellt die eine plötzlich die Frage:

»Sehe ich teuer aus?«

für 'n apple und ein i

– Hamburg. Mönckebergstraße.

Wir sitzen an einem Nachmittag kurz vor Weihnachten im Metrobus 6 Richtung Innenstadt. Zwei sehr adrette alte Damen sitzen uns gegenüber. Aus dem Gespräch entnehme ich, dass beide auf der Jagd nach Weihnachtsgeschenken sind.

Dame #1: »Die Klara hat ja neulich zum Herbert gesagt, sie wünscht sich zu Weihnachten so einen iPod. Und was sagt der Herbert: ›Die Klara ist so ein tüchtiges Mädchen, die will schon jetzt zu Weihnachten einen Eierpott für die Aussteuer haben!‹ Dabei ist das doch so ein tragbarer Musikspieler.«

kosenamen 2.0

– Stuttgart.

Junge und Mädchen, beide zwischen 16 und 17 Jahre alt, Typ Möchtegerngangster.

Sie: »Ey Alter, du lügst ja voll!«
Er: »Hey, ich lüg dich nicht an. Du bist meine Biatch!«

ferienfreizeit terrorcamp

– Essen.

Eine Gruppe Pfadfinder bereitet sich auf eine Fahrt vor. Ein Junge (ca. zwölf), offenbar der einzige Ausländer in der gesamten Gruppe, streitet sich mit einem älteren Deutschen (ca. 17). Als ein älterer Mann (offenbar ein Leiter) dazwischengeht, sagt der Junge zu seinem Freund:

»Diese Deutschen wecken den Kofferbomber in mir!«

allein am andern ufer

– Lüneburg. In der Buslinie 5011, zwischen Uni und Innenstadt.

Zwei ältere Damen (zwischen sechzig und siebzig) unterhalten sich leise hinter mir.
Plötzlich wird es lauter zwischen den beiden.

#1 (flüsternd): »Sag mal, hast du auch gehört, dass Birgits Sohn schwul is'?«
#2 (total entrüstet): »Ja, furchtbar! Der is' nun schon 32 und hat immer noch keinen Freund!«

… bis dass der anwalt euch scheidet

– Rhede.

Auf einer Hochzeit. Ein kleines Mädchen verabschiedet sich abends von der Braut:

»Es war total schön hier. Und wenn du wieder heiratest, komme ich nochmal her.«

papa rambos erziehungskniffe

– Köln. In einem Fitnessstudio.

Ich arbeite in der Kinderbetreuung eines Fitnessstudios. Gerade schaue ich mit einem dreijährigen Jungen ein Kinderbuch an, als der Vater erscheint. Abgebildet ist ein Krankenwagen mit einem Verletzten.

Junge (traurig): »Papa, Papa! Guck mal, der im Krankenwagen, der ist kaputt!«
Vater: »Jo, dat war 'ne Massenschlägerei, der hat jetzt ein Messer im Hals!«

angies letztes geheimnis

– Koblenz. Bahnhofsplatz.

Angela Merkel ist zu Besuch in der Stadt. Nach ihrer Rede gibt sie Autogramme und schüttelt fleißig Hände potenzieller Wähler. Ein junger, etwas flippiger Mann entschließt sich, der Kanzlerin eine Frage zu stellen:

»Frau Bundeskanzlerin, darf ich fragen, wer Ihre Strähnchen gemacht hat?«

reihern wie ein rohrspatz

– Köln. Im Bus.

Zwei Mädchen (ca. 14) unterhalten sich. Eine kurze Stille setzt ein, dann:

#1: »Weißt du, was total lustig ist?«
#2: »Nö, was denn?«
#1: »Wenn du kotzen musst, und dabei Schimpfwörter rufst. Das hab ich gestern gemacht.«
#2: »Cool!«

mahlzeit!

– Bielefeld. Bahnhofsplatz.

Zwei Männer mittags vor einer Imbissbude.

#1: »Ich habe ein Sex-Video mit einem Esel und einer Frau.«
#2: »Krass! Ich habe ein Video, wo einem Typen der Kopf abgehackt wird. Kennst du das?«
#1: »Nee, so 'nen Schweinkram gucke ich mir nicht an!«

ein familienspiel im klassischen sinne

– Neuss. In einer Grundschule.

Zwei Kinder streiten sich. Eine Erzieherin geht dazwischen und versucht die Auseinandersetzung zu schlichten.

Erzieherin: »Warum streitet ihr euch?«
Junge: »Tun wir gar nicht.«
Erzieherin: »Aber natürlich, ich habe doch gerade gesehen, wie du sie angeschrien hast!«
Mädchen: »Wir streiten nicht, wir spielen Scheidung.«

lustmolch erwacht aus winterstarre

– Würzburg. Marktplatz.

Hinter mir ein Vater mit zwei kleinen Kindern (ca. fünf).

Tochter (hocherfreut): »Es schneit!«
Vater (mürrisch): »Langsam kann ich den Schnee nicht mehr sehen. Es soll Frühling werden!«
Tochter: »Weil's dann warm wird?«
Vater: »Nee, dann tragen die Frauen wieder kurze Röcke und der Papa hat endlich wieder was zu gucken.«

wie du mir so isch dir

– Hürth. In einem Bus.

Zwei richtig krass gestylte Assi-Mädels sitzen im Bus in der Sitzgruppe neben mir und unterhalten sich über eine Mitschülerin.

#1: »Boah, wie ich die hasse, ne! Die denkt echt die wär voll die Coolste un so.«
#2: »Ja ne. Un wie die schon aussieht, voll die Bitch.«
#1: »Ich wette, das is so eine, die auch hinter deinem Rücken über dich lästert un so.«
#2: »Auf jeden Fall macht die so was … Schlampe!«

wohl mit assirabisch verwechselt

– Berlin. Am Flughafen im Flughafenbus.

Ein zirka dreijähriges Kind stellt während der Fahrt einige Fragen.

Kind: »Du Mami, kann ich die Menschen in Ägypten verstehen? Wie ist arabisch?«
Mutter: »Alleine von der Sprache wirst du eher nichts verstehen. Arabisch ist sehr schwierig und gar nicht mit der deutschen Sprache verwandt. Es klingt meist etwas abgehackt und kehlig.«
Kind: »Schwieriger als Englisch?«
Mutter: »Auf jeden Fall. Aber dort können die Menschen auch Englisch und etwas Deutsch, zur Not behilft man sich mit Gesten.«
Kind: »Das wird lustig! Ich bin schon so gespannt.«

Währenddessen telefoniert schräg gegenüber eine tussihafte junge Frau (zwischen 16 und 17).

Tussi: »Ne alle assi. Und ja ne, ich sag ne, er och, komms Party, ich sag ey nich, wa? Party, ey Griffl ab, ne er, vol uff Dröhnung, er ey wat jet? Watn shit, nervt … wa? Ne ich mein 'n Murat, wa? Ey nich der …«
Kind (hört eindringlich zu): »Mami, spricht das Mädchen arabisch?«

emma statt micky maus?

– Bremen. Auf dem Spielplatz an der Vasmerstraße.

Zwei Jungs (Blondschöpfe, höchstens fünf Jahre alt) unterhalten sich in einer Reifenschaukel.

#1: »Angela Merkel, unsere Bundeskanzlerin, is eine FRAU!«
#2 (unsicher): »Jaaah ...«
#1: »Das is FÜR MICH kein Problem.«
#2 (mit stolzer Brust): »Nee, ne! Für MICH auch nich!«

er lässt sich nicht verapplen

– Offenburg. Auf einer Berufsinfomesse.

Bei einem Gewinnspiel gibt es einen iPod zu gewinnen, was auf einem Flipchart publikumswirksam angekündigt wird. Zwei Typen stehen davor.

#1: »Ich brauch keinen iPod, ich hab schon ein Handy.«
#2: »Aber das ist kein Handy.«
#1: »Mir doch egal, was das sonst alles kann, Hauptsache man kann damit telefonieren!«
#2: »Aber damit KANN man nicht telefonieren!«
#1: »Was ist das denn für ein Scheißhandy, mit dem man nicht telefonieren kann?«

martini on the rock: gebröckelt, nicht gerührt

– Köln. Straßenbahn.

Ein ca. zwanzigjähriges Pärchen in der Bahn. Er hat eine Flasche Martini dabei.

Sie: »Oh, was hast du denn da zum Trinken dabei?«
Er: »Martini!«
Sie: »Oh, das schmeckt total lecker, davon hab ich gestern Abend gekotzt!«

die 90er waren halt noch heldenjahre

– Frankfurt am Main. In der S-Bahn.

Neben uns sitzen zwei Gangstas und unterhalten sich.

#1: »Ey Alda, ich war heute voll sozial. Da war so 'ne Omma, die is nich über die Straße gekomm, dann hab isch der voll geholfen, und dann war die voll fröhlich!«
#2: »Haha, du bist ja voll der Held, Alda.«
#1: »Klar, ich war nicht umsonst drei Jahre Powerranger.«

der kleine besitzt wohl videomaterial

– St. Johann (Schweiz).

Ein Jugendlicher und ein kleiner Junge (ca. vier) sind eifrig am Streiten. Der Ältere droht ihm.

Älterer: »… und wenn du nicht sofort still bist, kommst du ins Internat!«
Jüngerer: »Dann kommst du aber auch ins Internet!«

die verneinten nationen

– Hannover. In der Straßenbahn.

Drei Viertklässler unterhalten sich, es kommt zum Streit.

#1: »Dann sag ich: ›Scheiß Türke!‹«
#2: »Ich bin gar kein Türke.«
#1: »Was denn dann?«
#2: »Ich bin Araber.«
#1: »Dann sag ich halt: ›Scheiß Araber!‹«
#2: »Na, das nimmst du zurück! Dann sag ich nämlich: ›Scheiß Afrikaner!‹«
#1: »Ich bin kein Afrikaner, außerdem beleidigst du damit den da [#3]!«
#3: »Ich bin kein Afrikaner, ich bin Afghane.«

meinst du den erzeuger oder den ernährer?

– Bensheim. Im Kindergarten.

Eine Mutter holt ihren Sohn ab. Als dieser beim Anziehen trödelt, sagt sie:

»Los, beeil dich, der Papa wartet.«

Darauf das Kind in voller Lautstärke: »WELCHER?«

per anhalter durch die gutenberg-galaxis

– Magdeburg. Im Allee-Center.

An einem Bücherstand bei Thalia steht eine junge Frau (ca. zwanzig) mit einem Handy in der Hand und telefoniert mit ihrer Freundin:

»Ey, voll toll, bin jetzt in Thalia! Ja, habe mir gerade mein allererstes Buch ausgesucht! Wahnsinn, oder?«

orale oder intravenöse ernährung

– Bremen. In einem Aldi

Ein junges Pärchen brütet über der Einkaufsliste.

Er: »Essen ist immer gut, sonst kaufen wir von dem Geld nur wieder Alkohol und Drogen.«

… sonst fährt ein zug nach nirgendwo

– Hannover. Im Zug.

Der Zug fährt pünktlich aus dem Bahnhof aus. Durchsage:

»Sehr geehrte Reisende. Wir sind der erste Zug seit fünf Stunden, der Hannover in Richtung Uelzen verlässt. Grund dafür war, dass die Kupfer-Erdungskabel auf der Strecke gestohlen wurden.«

(Pause)

»Hoffen wir mal, dass der Preis für Stahl nicht steigt; sonst klauen die uns noch die Schienen.«

glück beginnt beim busenhalter?!

– Karlsruhe. Kaiserstraße.

Zwei Mädels (zwischen 16 und 18) gehen in der Fußgängerzone an mir vorbei.

#1: »Also 75B brauchst du schon um effektiv glücklich sein zu können …«

klassische luftnummer

– Berlin.

Schülerausflug nach Berlin. Im Reisebus werden die bekannten Sehenswürdigkeiten abgeklappert.

Zwischenfrage eines Schülers: »Wo genau steht denn diese Luftbrücke?«

KLEINE LEUCHTEN – „WO GENAU STEHT DENN DIESE LUFTBRÜCKE?“

Nicht jeder ist ein Einstein und das ist wahrscheinlich auch gut so. Der durchschnittliche Intelligenzquotient eines Deutschen liegt bei 107. Das eine oder andere Pünktchen darunter fällt nicht allzu sehr ins Gewicht. Einige Zeitgenossen übertreiben es jedoch etwas mit intellektueller Enthaltsamkeit. Menschen dieses Typs halten Afghanistan für ein Urlaubsparadies und haben Angst vor Adam Hussein. Sie verehren den großen Reformator Lothar Matthäus und verdienen ihr Geld bevorzugt als Baugerüst oder exhumierte Krankenschwester. Dieses Kapitel ist genau diesen Typen, den eher einfachen Gemütern, gewidmet. Lachen Sie mit oder leiden Sie mit, ganz wie Sie wollen. Und wer weiß: Vielleicht steckt in so mancher kleinen Leuchte doch ein großer Geist …

libero, fußballlehrer, religionsgründer

– Ahaus. In einer Grundschule.

Während des Religionsunterrichts in der vierten Klasse. Die Kinder unterhalten sich zu Stundenbeginn über Halloween.

Lehrer: »Au Backe, Halloween. Fällt euch noch etwas Einheimisches ein zum 31. Oktober?«

Ratlosigkeit bricht aus, trotz Unterrichtseinheit zu Martin Luther.

Lehrer: »Schon vergessen? Heute ist Reformationsfest!«
Schüler: »Ach ja ... was war das noch gleich?«
Schülerin (stolz): »Reformationsfest? Da hat doch Lothar Matthäus die Thesen an die Kirchentür genagelt!«

tourismus-einsatz in kundus?

– Garmisch-Partenkirchen.

Auf einer Party. Mein Freund und ich stehen an der Bar. Ein Typ (Bundeswehrarzt) unterhält sich neben uns mit einer Bekannten.

Er: »... ja, und jetzt schicken sie mich doch für vier Monate nach Afghanistan.«
Sie: »Vier Monate nur? Da hast du doch gar keine Zeit, dir das Land richtig anzusehen!«

zu tode gelernt

– Krefeld. In einer Straßenbahn.

Eine Frau unterhält sich mit einer Freundin:

»Und jetzt hat sie noch eine Prüfung vor sich, dann ist sie exhumierte Krankenschwester.«

keine weiteren fragen

– Berlin. U7 zwischen Neu-Kölln und Britz Süd.

Zwei Checker (zwischen 16 und 18) steigen in die U-Bahn ein.

#1: »Ey wie geht's dir, alles cool?«
#2: »Ja Mann, was machst du?«
#1: »Ich fahr Gropius.«
#2: »Was machst da?«
#1: »Ja gammeln halt, du?«
#2: »Britz Süd, was machen.«
#1: »Ah, weiß schon … haste Job?«
#2: »Ich Baugerüst.«
#1: »Was?«
#2: »Gerüstbau, Mann!«
#1: »Und is cool?«
#2: »Ey … voll Absturz!«

nemo, der bibelfisch

– Thüringen. In einer Schule.

Unterricht in der 10. Klasse.

Die Lehrerin fragt: »Wer hat die Bibel übersetzt?«

Die Dumpfbacke der Klasse ist dran. Sie weiß es nicht. Ein mitleidiger Mitschüler hinter ihr flüstert:

»Lu-ther! Lu-ther!«

Dumpfbacke antwortet: »Lothar Matthäus?«

Die Lehrerin rollt mit den Augen und sagt: »Überleg doch mal, da läuft gerade ein amerikanischer Film drüber!«

Dumpfbacke: »Äh, Nemo?«

nie wieder physik lernen mit opi

– Hankensbüttel. In einer Schule.

Physikunterricht.

Lehrer: »Kann mir jemand sagen, wie man Arbeit definiert?«

Schweigen im Raum. Eine Schülerin meldet sich.

Lehrer: »Ja, bitte.«
Schülerin: »Arbeit? Das war doch Kraft durch Freude!?«

PISA-test in entenhausen

– Cottbus. An einer Schule.

Ein Mädchen hält ein Referat über Naturparks. Plötzlich fragt eine Mitschülerin:

»Was is des denn da auf dem Bild?«

Die Vortragende blickt verwirrt auf das Bild auf ihrem Plakat:

»Ähhm … das ist eine Ente.«

Daraufhin die fragende Mitschülerin lachend:

»Du Depp! Das is doch keene Ente, das isn Vogel!«

wish you were here, floyd!

– Mittelhessen. In einer Dorfkneipe.

Abends. Meine Partnerin und ich (beide Mitte vierzig) sitzen an der Theke. Eine weitere Frau (Ende fünfzig) sitzt neben uns. Die Unterhaltung plätschert vor sich hin, das Radio dudelt, gerade läuft ein Lied von Bon Jovi.

Bedienung: »Oh, toll. Auf ein Bon-Jovi-Konzert würde ich auch gerne mal wieder gehen.«
Meine Frau: »Ich gehe im März auf das Pink-Konzert in Frankfurt!«
Ältere Dame: »Nur Pink? Spielt der Floyd nicht mehr mit?«

mein name ist nym, pseudo nym!

– Rothenburg. Taubertal-Festival 2009.

Beim Anstehen in der Menge für Autogramme vom Farin-Urlaub-Racing-Team unterhalten sich zwei Mädchen.

#1: »Wie kann man sein Kind nur Farin nennen?«
#2: »Vor allem wenn man mit Nachnamen Urlaub heißt!«

tainted names

– Hameln. Innenstadt.

Zwei Herren, beide ca. achtzig Jahre, unterhalten sich.

#1: »Jaja, dieser Marilyn Manson …«
#2: »Wo hat der eigentlich seinen Namen her?«
#1: »Na ja, den Vornamen von Marylin Monroe und den Nachnamen von diesem Manson Mandela!«

kindersoldaten im mathematikunterricht?

– Seligenstadt. Schule, 13. Klasse.

Der Mathe-Grundkurs behandelt eine Textaufgabe, in der es um ABC-Schützen geht. Ein verdutzter Schüler meldet sich:

»Was ist ein ABC-Schütze und warum sind das alles Kinder?!«

andi möllers erben

– Hamburg. In der S1 Richtung Poppenbüttel.

In der S-Bahn kann ich folgender Diskussion einer Gruppe Teenager lauschen.

Mädchen #1: »… Mailand ist ein Land.«
Junge #1: »Nein, Mailand ist eine Stadt.«
Mädchen #1: »Nein! Ein Land!«
Mädchen #2: »Ich glaube auch, dass es ein Land ist.«
Junge #1: »Nein, Mailand ist eine Stadt. Die Hauptstadt von … Spanien!«
Mädchen #1: »Nein, Mailand ist theoretisch ein Land!«
Mädchen #2 (dem Mädchen #1 beipflichtend): »Ja, so groß wie eine Stadt, ABER ein Land. So wie Russland. Das ist so groß wie ein Kontinent, aber auch nur ein Land.«
Junge #1: »Quatsch. Mailand ist eine Stadt. Eine Hauptstadt. Von Spanien oder Italien.«
Mädchen #1: »Aber es heißt doch ›Land‹. Warum heißt es dann nur ›Land‹?«

bitte gib mir nur noch ein wort

– München. Allianz Arena.

Es läuft das Spiel 1860 gegen den 1. FC Kaiserslautern. Die Münchner Fans sind nicht ganz mit den Leistungen ihres Torwarts zufrieden. Ein Fan hinter mir möchte seinem Ärger Ausdruck verleihen und brüllt:

»Ich hab nur drei Worte für dich: HAU AB!«

die demenz kam im discounter

– Freudenberg. Auf dem Parkplatz von Aldi.

Eine Oma und ein Opa versuchen, mit einem Euro einen Einkaufswagen aus der Reihe zu lösen. Die Mechanik scheint kaputt zu sein.

Opa: »Dat geht net. Der nimmt den Euro net.«

Er zieht am Wagen, der sich auch so löst.

Oma (zufrieden): »Na, siehste, jetzt hammer 'nen Euro gespart.«

hier reicht wohl die home-edition

– Heidelberg. Im Bunsen-Gymnasium.

Eine Klassenkameradin unterhält sich stolz mit einem Mitschüler über eine neue Errungenschaft.

Sie: »Ich hab mir jetzt auch einen neuen Computer gekauft!«
Er: »Was denn für einen?«
Sie: »Windows XP.«
Er: »Ja, und sonst?«
Sie (zögert eine Sekunde, dann verärgert): »Rechne's dir doch selbst aus!!!«

… und geht weg.

vom glauben, zu wissen was andere glauben

– Münster. Im Bus.

Zwei Mädchen (ca. 17) unterhalten sich über Religion.

Mädchen (mit Kopftuch): »Ich versteh die Christen nicht. Wie kann man denn glauben, vom Affen abzustammen?«

souterraines marketing

– Bonn. In der Straßenbahn.

Haltestellenansage: »Bonn Hauptbahnhof, Central Station, Subway«.
Junge (zu seinem Freund): »Ich wusste gar nicht, dass Subway sogar in der Bahn Werbung macht!«
Freund: »Die haben's aber nötig!«

erfindung des jahres: onlineshopping?

– Gießen. Berliner Platz.

Vor mir laufen zwei Mädels.

#1: »Ey, mein Bruder verkauft jetzt Sachen im Internet!«
#2: »Escht? Meiner auch! Vielleischt kennen die sich ja?!«

angriff auf adam

– Bremen. In der Straßenbahn.

Ein Mann und eine Frau, beide stark alkoholisiert, diskutieren lautstark, wie sie ihr Kind nennen würden. Vorschläge werden durch die Straßenbahn gelallt, zu einem Namen hat die Frau aber eine besondere Meinung:

»Wie kann man sein Kind nur Adam nennen? Wie der Hussein!«

houston, wir haben 13 probleme!?

– Hennef (Sieg). In einer Videothek.

Kunde: »Haben Sie auch ›Apollo 13‹?«

Die Verleiherin tippt ›Apollo‹ in den Computer.

Verleiherin: »Nein, ham wir nicht. Die anderen Teile aber auch nicht.«

emanzipation auch in der pharmaindustrie?

– Limburg. In einer Apotheke.

Kundin: »Hallo, ich hätte gern Schmerzmittel gegen Menstruationsbeschwerden.«
Apothekerin: »Für Frauen?«

no name, no future

– Bonn. Museumsmeile.

Auf der Schlittschuhbahn. Eine junge Frau um die 16 wird von einem Jungen in ihrem Alter angemacht. Er ist mit seinen Freunden unterwegs.

Er: »Hey, kenn isch dich?«
Sie: »Nein, ich glaube nicht!«
Er: »Geb mir deine Telefonnummer!«
Sie: »Es heißt ›gib‹ und ich habe kein Telefon.«
Er: »Dann geb mir deine Addy!«
Sie: »Ich habe keinen Computer.«
Er: »Bohaa, sag mal deinen Namen!«
Sie (trocken): »Ich habe keinen Namen.«

Er schaut irritiert.

Nach zirka dreißig Sekunden stellt einer seiner Freunde mit Überraschung in der Stimme, als hätte er gerade ein fliegendes Schwein gesehen, fest:

»Ey Alda, isch glaube die verarscht dich!«

neues vom bootsverkehr(t)

– Konstanz. Auf der Rheinbrücke.

Eine Rudermannschaft rudert unter der Brücke durch. Auf der Brücke steht ein junges Pärchen.

Sie: »Ey krass, die fahren ja rückwärts!«

hauptsache, die chemie stimmt

– Tübingen. In der Uni-Cafeteria.

Ein Student erklärt einer Kommilitonin gerade einen recht komplexen chemischen Inhalt.

Student: »… dann ergibt sich hier und da eine Bindung zwischen den zwei Komplexen. Kommsch mit?«
Kommilitonin (ganz verwirrt): »Wohin?«

1351 A.D.: sie war dabei

– München. U-Bahn-Station Odeonsplatz.

Zwei ältere Damen unterhalten sich an der U-Bahn-Haltestelle Odeonsplatz, als sie auf den Gleisen eine Ratte erspähen. Höchst echauffiert beschweren sie sich in den folgenden Minuten über die Art und Weise, wie die Menschen achtlos ihren Müll entsorgen und somit die Ratten erst ermöglichen.

Als die U-Bahn endlich einfährt, sagt eine der Damen im Brustton der Überzeugung:

»Und wenn nachher die Pest ausbricht, wills wieder keiner gewesen sein!«

dumm wie toastbrot

– Menden. In einem Elektrofachhandel.

Kundin: »Haben Sie auch Toaster für drei Scheiben Toast?«
Verkäufer: »Tut mir leid, wir führen nur welche für zwei Scheiben oder Langschlitztoaster für vier Scheiben!«
Kundin (sich bereits abwendend): »Ach ne, dann muss ich ja immer eine Scheibe wegwerfen!«

20 prozent doof

– Mönchengladbach.

Wir sind in einem Baumarkt einkaufen (20% auf alles außer Tiernahrung). Als wir danach an der Bäckertheke stehen, hören wir folgenden Dialog zwischen einer älteren Dame (ca. sechzig) und ihrer Tochter.

Mutter (enttäuscht und sich aufregend): »Sag mal, warum haste denn jetzt die beiden Sachen nicht einzeln abrechnen lassen?!?«
Tochter: »Wieso das denn?«
Mutter: »Na, dann hättest du doch zwei Mal die zwanzig Prozent bekommen!«

kein empfang im oberstübchen

– Rostock. In einem Aufzug.

Ich steh abends mit meinem Mitbewohner bei uns im Aufzug. Neben uns stehen zwei Mädels.

#*1:* »Gugg mal, ich hab das Bild von dir und wenn du mich anrufst, denn seh ich das sofort.«
#*2:* »Geil, denn ruf ich dich ma an!«
#*1:* »Aber hier im Aufzug hat man keinen Empfang!«
#*2:* »Ich versuch's trotzdem.«

(Pause)

#*2:* »Ich komm nich durch!«
#*1:* »Hab ich dir doch gesagt, dass man hier keinen Empfang hat!«
#*2:* »Aber wir stehen doch direkt nebeneinander!«

… und hält ihr Handy direkt neben das andere.

alles bio oder was?

– München. Im Marriott Courtyard.

Beim Mittagessen. Mein Kollege erkundigt sich beim Kellner.

Kollege: »Ist beim Tagesgericht (ein Burger) das Fleisch Bio-Fleisch?«
Kellner: »Natürlich ist es Bio-Fleisch, ist ja ein Tier.«

den eigenen verstand ausgebremst

– Hamburg. In der U3.

Zwei Typen unterhalten sich über Autos.

#1: »Ich find den neuen Mercedes voll geil.«
#2: »Ich find Ferrari viel besser.«
#1: »Warum?«
#2: »Weil der neue Ferrari drei Bremsen hat.«
#1: »Drei Bremsen?«
#2: »Ja, die normalen Bremsen, Handbremse und Motorbremse.«

theo watt?

– Mitfahrgelegenheit. Im Auto auf dem Weg von Dresden nach Görlitz.

Fahrer: »Und was machst du so beruflich?«
Mitfahrerin: »Ich studiere Theologie.«
Fahrer: »Wasn das? Hab ich ja noch nie gehört.«
Mitfahrerin: »Na ja, das ist ...«
Fahrer: »Ne lass mich raten. Irgendwas mit Büchern.«
Mitfahrerin: »Ja, schon irgendwie. Es geht dabei vor allem um DAS BUCH.«
Fahrer: »Also Deutsch. Wusst ich's doch.«

der könner im konjunktiv

– Bad Oeynhausen. Im Werre-Park-Einkaufszentrum.

Auf einer kleinen Bühne im Einkaufszentrum. Es strampelt sich gerade ein Artist mit fünf Tellern ab, die er alle gleichzeitig ca. vier Meter hoch über sich wirft und sicher wieder unten auffängt. Das Publikum ist begeistert, bis auf eine stark verbrauchte, sehr übergewichtige Frau, die sich total gelangweilt und unbeeindruckt zu ihrer Flodder-Familie dreht und schnauzt:

»Datt is doch nix! Nach jahrelangem Training könnte ich das auch!«

im zweifel für die angemachte

– Würzburg.

In einer Kneipe. Ich stehe in der Schlange vor dem Damenklo. Am Waschbecken stehen zwei Mädels und betrachten sich im Spiegel. Als sie die Person vor mir erblicken, sprechen sie sie an.

Mädel #1: »Oh, du siehst so brav aus. Du bist bestimmt Studentin, oder??«
Sie: »Ja.«
Mädel #2: »Boahh echt? Welches Fach denn?«
Sie: »Jura.«
Mädel #1: »Wow, cool, YOGA. Meine Mama kann 'nen Kopfstand!«

diese azubine ist ein albtraum

– Wahlstedt.

Während einer Ausbildungsmesse. Zwei Mädchen bleiben vor dem Stand der Stadtverwaltung stehen.

Mädchen: »Boooah ey, guck mal! Die bilden als Verwaltungsfachangestellte aus! Das ist voll mein Traumjob ey!«

Sie dreht sich zu einem der Standbetreuer um und fragt:

»Was macht man eigentlich so als Verwaltungsfachangestellte?«

da ist nicht nur eine birne kaputt

– Waldkirch.

Ich bin auf dem Weg zur Nachtschicht und stehe hinter einem Auto an der roten Ampel. Mir fällt auf, dass an dem Wagen vor mir nur eine der zwei Bremsleuchten funktioniert. Ich steige aus, klopfe an die Scheibe des vor mir stehenden Autos und möchte die Fahrerin darauf hinweisen, dass da eine Leuchte nicht funktioniert.

Ich: »Guten Abend, ich wollte Ihnen nur fix sagen, dass die Glühbirne Ihrer rechten Bremsleuchte defekt ist.«

Sie: »Vorne oder hinten?«

ob winnetou und old shatterhand das so meinten?

– Stuttgart. Am Eckensee.

Einige Jugendliche sitzen auf der Wiese und unterhalten sich über ihre bisherigen Eroberungen.

#*1:* »Alda, ich habe gestern die Jana entjungfert!«
#*2:* »Ey, ich vorgestern auch!«
#*1:* »Cool, das nennt man dann wohl Blutsbrüder oder so!!!«

was ich nicht weiß, macht mich nicht heiß

– Insel Poel. Am Strand.

Drei betrunkene Männer stehen in einer Gruppe. Plötzlich entsteht ein Streitgespräch zwischen einer Frau (Mitte zwanzig) und einem der Männer.

Frau (auch nicht mehr ganz nüchtern): »Alter, du bist so hässlich, sooo hässlich.«
Mann (erhebt den Finger, dann sehr selbstsicher): »Ja, aber wenigstens bin ich dumm!«

PIN-code impossible

– Rostock. Kröpeliner Straße.

In einem O_2-Geschäft. Ein Mädchen (ca. 15) möchte eine SIM-Karte für sein Handy kaufen.

Verkäufer: »Gut, jetzt brauche ich von Ihnen noch einen vierstelligen Geheimcode Ihrer Wahl. Nur damit wir bei Problemen zuordnen können, dass Sie der rechtmäßige Eigentümer der SIM-Karte sind.«
Mädchen: »820.«
Verkäufer: »820 ist nur dreistellig, ich brauche eine vierstellige Zahl bitte!«
Mädchen: »822.«

… hieß die nicht mieses karma?

– Hameln. In einem Antiquariat.

Ein Mann steht vor einem Regal und hält das Buch ›Krieg und Frieden‹ von Tolstoi in der Hand. Er ruft nach seinem Kumpel, der etwas weiter weg steht:

»Mensch, kommma her hier! Die verkaufen hier sogar Hitlers Biografie. Ich dachte, die is voll verboten.«

was bin ich?

– Wuppertal. Im Dampfbad eines Hotels.

Zwei junge Männer unterhalten sich recht laut.

#1: »Wat machse«?
#2: »Ausbildung.«
#1: »Geil! (Pause) Als watt?«
#2: »Verfahrensmechaniker.«
#1: »Geil! (Pause) Watt is dat denn?«
#2: »Weiß ich nich, bin erst ein halbes Jahr dabei.«

bis mark platzt?

– Heidelberg. In der Straßenbahn Richtung Bismarckplatz.

Zwei ca. 15-jährige Mädels in der Straßenbahn. Durchsage:

»Nächster Halt: Bismarckplatz.«

Mädchen #1 (nachäffend): »Bismarckplatz! Bismarckplatz! Warum heißt das hier überhaupt Bismarckplatz?«
Mädchen #2: »Ja, gell, Bismarck – das ist doch nicht mal ein Wort!«

die gehirnhautentzündung setzt schon ein

– Nürnberg. In einer Hauptschule.

Während des Unterrichts werden die benötigten Dinge für die anstehende Klassenfahrt diskutiert, unter anderem der Impfpass.

Mädchen: »Ich habe mich erst neulich gegen Zecken impfen lassen.«
Junge: »Das mit der Zeckenimpfung ist voll der Scheiß, ey. Ich hab mich impfen lassen und bin danach trotzdem von einer Zecke gebissen worden.«

intelligenz minus 50 prozent

– Recklinghausen. Havariemarkt.

Über einer Kiste mit Handytaschen und ähnlichem Zubehör hängt ein großes Schild mit der Aufschrift ›Alle Artikel – fünfzig Prozent‹. Ein Ehepaar (Mitte dreißig) interessiert sich für die Ware. Er wühlt in der Kiste herum und zieht eine rote Handytasche hervor.

Er: »Hm, für 'nen Fünfer, nicht schlecht. Die nehm ich mit.«
Sie (vorwurfsvoll): »Schatz, kauf das bloß nicht! Guck doch hin! Da kommen überall nochmal fünfzig Prozent drauf! Da zahlst du doch das Doppelte!«

der preis ist ihr wurst

– Nordhausen. Auf dem Markt.

An einer Wurstbude.

Mann: »Wie funktioniert eigentlich euer Rabattsystem?«
Verkäuferin: »Die Bratwurst kostet regulär 1,50 Euro. Wenn Sie fünf kaufen, kostet jede nur einen Euro.«
Mann: »O.K., ich nehm' dann drei Bratwürste.«
Verkäuferin: »Das macht dann drei Euro.«

und wie lange hat dein widder noch TÜV?

– Stuttgart. In einer Autowerkstatt.

Eine junge Frau (ca. zwanzig) im Büro der Werkstatt. Sie übergibt dem KFZler den Autoschlüssel. Der Mechaniker nimmt ihre Daten auf.

Er: »Name?«
Sie: »Friedrich.«
Er: »Ihre Telefonnummer, wo ich Sie tagsüber erreichen kann?«
Sie: »07 …«
Er: »So, und nun noch Ihr Kennzeichen.«
Sie: »Widder.«

Er schaut sie fragend an.

Sie: »Ja schon … im März geboren.«

abrakadabra – und er steht allein da

– Magdeburg.

Auf einer WG-Party mit sehr gemischtem Publikum.

Er (mit Goldkettchen und Solariumbräune): »Na, wat machst du denn so?«
Sie: »Ich mache gerade meinen Magister.«
Er: »Hä? Biste Zauberer oder wat?«

buch: amerikanisch, ausrede: spanisch

– Köln-Ehrenfeld.

Zwei Tussis sitzen in der Straßenbahn, offensichtlich auf dem Weg zur Schule. Das Gespräch dreht sich um die nicht erledigten Hausaufgaben von #1.

#1: »Krass, isch schwöre, isch krieg voll den Stress mit der Alten, hatte schon gestern keine Hausaufgaben.«
#2: »Aber warum bist du so otto? Mach doch einfach mal die Hausaufgaben, denke du kannst so gut Englisch?«
#1: »Isch schwöre, isch hätt's ja gemacht, aber ging nisch, hab nix verstanden, das Buch ist auf Amerikanisch!«

alte socke in der neuen welt

– Heidelberg. Hauptbahnhof.

Am Bahnsteig. Ein heißer Sommermorgen. Die meisten Wartenden tragen Flipflops oder Sandalen. Ein Mann mit Sandalen in knielangen weißen Tennissocken läuft an allen vorbei und murmelt vor sich hin:

»... tragen alle keine Socken ... alle keine Socken ...«

EIGENE WELTEN – „... TRAGEN ALLE KEINE SOCKEN ...“

Haben Sie manchmal das Gefühl, alle anderen Menschen sind irgendwie komisch oder ticken nicht mehr ganz richtig? Ist Ihr Lebensmotto: Ich baue mir die Welt, wie sie mir gefällt? Sind Sie öfter allein? Haben Sie Freunde, die keiner sieht? Dann lesen Sie das nächste Kapitel mit besonderer Sorgfalt. Vielleicht finden Sie sich ja wieder! Hier tummeln sich die Sonderlinge dieser Nation, die Bewohner von Paralleluniversen und selbst ernannten Agenten in geheimer Mission – aber auch die Kinder, die Träumer und die Originale. All diejenigen eben, die unseren grauen Alltag mit den Farben ihrer Fantasie bemalen. Haben Sie Mut und treten Sie ein, in die ›eigenen Welten‹ von *belauscht.de*.

einen schwangermachtest bitte!

– Hannover.

Mutter holt ihren sechsjährigen Sohn bei einem Freund ab.

Kind: (total begeistert): »Mama, ich möchte auch einen kleinen Bruder haben!«
Mutter: »Äh … nee … Justus, das ist gar nicht so toll! Kleine Brüder können nämlich ganz schön nervig sein. Die wollen dann immer mit dir spielen und so. Das solltest du dir gut überlegen.«
Kind: »Ja, das ist mir aber egal! Ich will trotzdem einen kleinen Bruder! BITTEEEE!!!«
Mutter: »Äh, ja Justus, wie soll ich sagen?! Das ist nicht so einfach! Ich …«
Kind: »Wieso denn? Das versteh ich nicht! Das ist doch nicht schwer! Du kannst doch auch einfach auf so einen Streifen pinkeln!!!«

drei jobs sind dann wohl doch zu viel für sie …

– Linden-Leihgestern. In einem HIT-Markt.

Als ich durch die Gänge gehe, erklingt plötzlich eine Durchsage:

»Frau Meier! AUFSTEHN!!! Der Wecker hat gerappelt!«

den sandmann verpasst?

– Mannheim. Hauptbahnhof. Gleis 9.

Sechs Uhr morgens am Bahnsteig. Ich studiere den Fahrplan, als ein Mann mit langen Haaren und abgetragenem Pullover an mich herantritt.

Mann: »Ist es gerade morgens oder abends?«
Ich: »???«
Mann: »Sorry, ich bin gerade etwas verwirrt. Ist es 18 Uhr oder sechs Uhr?«
Ich: »Es ist sechs Uhr früh.«

Der Mann weiß offenbar nicht, was er tun soll. Er schaut sich gehetzt nach allen Seiten um und ruft aus:

»Verdammt … verdammt … VERDAMMT!!!«

in die tierhandlung oder doch besser in die kiste?

– Reutlingen. In einem Büro.

Eine Kollegin erzählt mir, was sich ihr kleiner Sohn (Vorschulalter) zum Geburtstag so wünscht:

»Ein Laserschwert, einen Traktor, einen Hamster … oder 'nen Bruder!«

… hinein ins 6-tage-weekend-feeling

– Mannheim. In der Straßenbahn.

Zwei Typen unterhalten sich in der Sitzreihe hinter mir.

#*1:* »Und … du studierst doch jetzt, oder?«
#2 *(wirkt sehr langsam):* »Joa …«
#*1:* »Wie isses so?«
#2*:* »Joa … ganz okay so.«
#*1:* »Und wann studierst du da immer so?«
#2*:* »Joa … donnerstags.«

einmal geschenke und zurück

– Nürnberg. In der U1 Richtung Langwasser.

Zwei Freundinnen (1. oder 2. Klasse) unterhalten sich.

#*1:* »Warum hat man nicht jeden Monat Geburtstag?«
#2*:* »Weil es sonst nichts mehr besonderes wäre!«
#*1:* »Mmmmmh … oder man müsste eine Fernbedienung haben. Dann würde ich zu meinem nächsten Geburtstag vorspulen, meine Geschenke einpacken und wieder zurückspulen. Und zu meiner Mama sagen: ›Guck mal, was ich vielleicht zu meinem Geburtstag bekomme!‹«

draculas trendy töchter

– Augsburg.

Ein Mädchen in schwarzen Gothic-Klamotten läuft an einer Mutter mit kleiner Tochter vorbei.

Kind: »Guck mal, Mami, ein Vampir!«

keine zeit für heiterkeit

– Köln. Im Karstadt.

Ich bekomme folgenden Dialog zwischen zwei Verkäuferinnen mit, die anscheinend nur zeitweise im Karneval aushelfen.

#*1:* »Hier vergeht die Zeit ja viel schneller als in Dortmund!«

(Pause)

#2 *(langsam und in einem überlegenden Tonfall):* »Dabei vergeht die Zeit überall gleich schnell.«

lost in tramstation

– Düsseldorf. Straßenbahn zwischen Birkenstraße und Hauptbahnhof.

Die Linie 709 ist um acht Uhr morgens rappelvoll, alle wollen zur Arbeit und der Hauptbahnhof ist die nächste Haltestelle. Plötzlich eine Durchsage vom Fahrer:

»Meine lieben Fahrgäste, aufgrund eines Systemabsturzes können die angefahrenen Haltestellen leider weder durchgesagt noch am Bildschirm angezeigt werden. Doch so schlimm ist das ja eh nicht, da Sie alle wissen, wo Sie hin müssen, gelle?«

Hinter mir entwickelt sich folgendes Gespräch:

Studentin #1: »Scheiße, wie komm ich denn jetzt zur Uni?«
Studentin #2: »Die Bahnen fahren doch noch ganz normal, die zeigen nur nicht mehr an, wo wir gerade sind.«
Studentin #1: »Ja glaubst du, ich finde den Weg zur Uni, ohne dass die mir sagen, wann ich aussteigen muss?«
Studentin #2: »Aber du fährst den Weg doch schon seit zwei Jahren jeden Morgen.«
Studentin #1: »Es gibt wirklich Wichtigeres, das ich mir merken muss!«

Vor mir höre ich eine ältere Dame murmeln:

»Und wie komm ich jetzt nach Hause?«

rotkäppchens erben

– Würzburg. Im ICE.

Durchsage des Zugbegleiters:

»Für weitere Anschlusszüge beachten Sie bitte die Lautsprecherdurchsagen am Bahnhof oder wenden sich vertrauensvoll an die Servicemitarbeiter ... Das sind die Männchen mit den roten Mützen.«

ach ja, wirklich?

– Köln. Im Cinedom.

An der Popcorntheke des Kinos. Der Film geht gleich los, ein Besucher hat gerade seine Portion Nachos vor dem Eingang des Kinosaales bekommen.

Kassiererin: »Macht 2,50.«
Kunde: »Bitteschön.«
Kassiererin: »Danke und schönen Abend noch.«
Kunde: »Werden wir haben ... wir gehen nämlich ins Kino.«

dann wäre tom cruise noch single

– Erding. AWO-Kindergarten.

Zwei Mädchen (drei und vier) unterhalten sich:

#1: »Wen heiratest du mal, wenn du groß bist?«
#2: »Meinen kleinen Bruder!«
#1: »Das geht doch gar nicht, der Mann muss immer größer sein als die Frau!«

endlich! cäsars konjunkturprogramm wirkt!

– Trier. An einer Ausgrabungsstätte.

Trier hat viele Sehenswürdigkeiten aus der Römerzeit zu bieten. Es gibt auch einige Ausgrabungsstätten, die noch nicht komplett freigelegt sind. Während ich an so einer vorbeikomme und mir die Archäologen bei der Arbeit anschaue, höre ich hinter mir eine ältere Dame zu ihrem Begleiter sagen:

»Guck mal, hier sind se auch am werkeln … was da wohl gebaut wird?«

köter-konter

– Wuppertal. In der Fußgängerzone.

Ein Hund bellt wie verrückt und springt in der überfüllten Fußgängerzone zwischen den Passanten herum.

Passant (dreht sich entrüstet um): »Selber!«

alte rollenmuster bis der arzt kommt

– Essen. Alfred-Krupp-Krankenhaus.

Zivildienstleistender mit langen Haaren wird von älterem Paar von hinten angesprochen.

Ältere Dame: »Hallo!!! Schwester!?«

Zivi dreht sich um und antwortet mit herausgestellter Bassstimme:

»Ja, bitte?«

Ältere Dame: »Oh, entschuldigen Sie bitte, Herr Doktor.«

tag der katastrophen

– Leonberg. Neuköllner Straße.

In einem Bus. Dieser steckt wegen Bauarbeiten im Verkehr fest. Es dauert und dauert. Einige Mitreisende werden langsam ungeduldig. Hinter mir sitzen zwei ältere Damen. Die eine zur anderen:

»Zuerst heute Morgen die grässliche Nachricht vom Zugbrand in Italien, dann der Flugzeugabsturz – und nun das hier!«

bauer vor auf 15c

– Düsseldorf. Am Hauptbahnhof.

Lautstark telefonierend steht ein Jugendlicher (ca.18) auf dem Bahnsteig:

»Eh Alter, wo biste? Was? Keine Ahnung! Wie soll ich denn Gleis 15 finden? Ich steh hier unter C, was weiß ich denn was der 15. Buchstabe im Alphabet is! Das geht hier nur bis F!«

früh übt sich, wer später mal groß absetzen will

– Chemnitz. In einem Edeka.

Ein kleiner Junge (ca. fünf) sammelt draußen Kassenbons vom Boden auf.

Mutter: »Lars, lass die dreckigen Zettel doch bitte liegen!«
Junge: »Aber die kannst du doch bei Papa abrechnen!«

von enten, käfern und fröschen

– Elm. Bei einer Stoppelcross-Veranstaltung.

Zwei Kinder (ca. fünf) unterhalten sich über die vorbeifahrenden Stoppelcrossautos. Der Junge ist ganz aufgeregt, weil die Fahrzeuge so schnell sind. Das Mädchen steht locker daneben.

Mädchen: »Mein Papa fährt da auch mit. Er ist ganz schnell.«
Junge: »Fährt dein Papa einen Käfer?«
Mädchen: »Nein, er fährt mit dem Auto.«

hans im glück – oder auch nicht

– Kreiensen. Am Bahnhof auf Gleis 1.

Rätselhafte Durchsage: »Hans, falls du mich hörst: Es hat geklappt. Oder auch nicht.«

zuhören können ist bei uns absolute chefsache?!

– Bad Homburg. In einem Hotel.

Azubi kommt frisch aus dem Urlaub wieder. Er hatte im Urlaub Geburtstag und bekommt, wie es im Unternehmen üblich ist, ein kleines Geschenk überreicht.

Chef: »Herzlichen Glückwunsch nachträglich. Hatten Sie einen schönen Urlaub und haben Sie auch schön gefeiert?«
Azubi: »Na ja, ich hatte hohes Fieber während des Urlaubs.«
Chef (offensichtlich auf Smalltalk-Floskeln programmiert): »Na, das ist ja fein. Fein, fein. Also dann ...«

Der Chef geht weg, einen verwirrt dreinblickenden Azubi zurücklassend.

parteiprogramm: do it yourself

– Paderborn.

Kommunalwahl in NRW. In der Kabine neben mir steht ein Typ und braucht ewig. Der Wahlhelfer wird langsam unruhig und ruft dem Typ in der Wahlkabine zu.

Wahlhelfer: »Haben Sie denn jetzt bald mal Ihren Wahlgang beendet?«
Typ: »Wie schreibt man Kollaborateur?«

wenn es knallt, hat es vorher gut geknallt

– Magdeburg. Beim ›Spirit From The Street Festival‹.

Die Gäste werden zur Sicherheitskontrolle durch Einlassschleusen geleitet. Am Tag davor hatte es stark geregnet, so dass die Schleuse mit einem Pavillon überdacht wurde. Das eine Standbein des Pavillons steht genau in der Mitte einer Schleuse, so dass die Gäste sich drum herum winden müssen.

Männlicher, stark alkoholisierter und verschmutzter Gast: »Ey, wat soll denn die dämliche Stange hier?«
Weibliche Security (bitterernst): »Das ist unser Alkoholtestgerät. Wer dagegenknallt, hat genug getrunken.«

geschichte ist, was du draus machst

– München. Im Deutschen Museum.

Vater und sein Sohn stehen vor einer V2-Rakete aus dem Zweiten Weltkrieg.

Vater (stolz): »Guck mal, damit sind wir zum Mond geflogen!«

omi und der rollator des verderbens

– Laboe an der Ostsee.

200 Männer in Motorradoutfits machen Mittagspause und haben ihre schweren Motorräder auf dem Dorfplatz verteilt. Eine ältere Dame, klein und gebückt, kommt mit ihrem Rollator des Weges. Sie bleibt mit der Laufhilfe am Stiefel eines Motorradfahrers hängen.

Oma (höflich): »Entschuldigung.«

Sie läuft, hoppelt weiter und wir hören dann noch:

»Och, da hätte ich beinahe einen Rocker überfahren!«

neue marketingstrategie: DB maja?

– In der Regionalbahn von Duisburg nach Moers.

Der Zug ist wie immer am frühen Abend gut gefüllt. Eine Durchsage ertönt:

»Hier kommt der Grashüpfer Flip.«

(Pause)

(leiser) »… hüpf hüpf.«

er kann nur ziegen kriegen

– Oldenburg. In der Fußgängerzone.

Ein etwas schmuddeliger Typ vom Zirkus steht mit einer Ziege auf der Straße und sammelt Geld. Eine junge Frau, die gerade ein Brötchen isst, kommt vorbei.

Er: »Hey du, meine Ziege würde gerne dein Brötchen vernaschen.«
Sie: »Tja, ich würde mein Brötchen lieber behalten.«

(kurze Pause)

Er: »Hey du, ich würde dich gerne vernaschen.«

Sie schaut irritiert und geht etwas schneller weiter.

Typ (zu seiner Ziege): »Guck nicht so, die Welt ist halt schlecht.«

wenn aus bullen katzen werden

– Dortmund. Münsterstraße.

In einem Geschäft. Ein ernst dreinblickender Typ läuft durch die Gänge und murmelt vor sich hin:

»Dartpfeile, Dartpfeile kaufe ich mir. Mit Dartpfeilen kann man super auf Katzen werfen. Dartpfeile …«

gib mir tiernamen, helga

– Salzgitter. In einem Bus.

Ich sitze im Bus der Linie 606. Vor mir befindet sich eine leere Vierersitzgruppe. An der nächsten Haltestelle steigt ein älteres Ehepaar ein. Die Oma setzt sich erst rückwärts hin und der Opa vorwärts.

Oma: »Ach, ich kann ja gar nicht rückwärts sitzen, da wird mir immer schlecht.«
Opa: »Ich schon, ich stell mir einfach vor ich sei ein Krebs, die laufen auch immer rückwärts.«

Daraufhin tauschen die beiden die Plätze.

ein opi der gemütlichkeit

– Berchtesgaden. Im Altersheim Insula.

Im Altersheim ist ein Fernseher implodiert. Feueralarm, große Aufregung, das Haus wird evakuiert. Pflegerinnen, Bewohner und Besucher rennen durcheinander, Löschzüge und Polizei fahren vor. Ein bayerischer Heimbewohner steht seelenruhig oben am Balkon und ruft ganz glücklich herunter:

»Jo mei, hom mia heit wieda vui Bsuach …!«

these shoes were made for talking

– Gera. Auf einer Schlittschuhbahn.

Ich bin dabei, meinem Sohn die Schlittschuhe anzuziehen. Auf der Bank neben mir sitzen zwei junge Mädchen (ca. 15). Sie rätseln gerade darüber, wo sie ihre teuren Markenschuhe abstellen sollen, ohne dass sie geklaut werden.

#1: »Mann, wo soll ich'n meine Schuhe hintun?«
#2: »Du musst die hier hinstelln, oder willst se mit aufs Eis nehm?«
#1 (zu ihren Schuhen): »Also, wenn euch jemand klauen will, WEHRT euch, ja?!«

geisterbahnfigur war sein traumberuf

– Schenefeld bei Hamburg. In einem Supermarkt.

Lautsprecherdurchsage (flüsternd):

»Ich bin der Geist von Eurospar …«

(Pause)

(leise): »Uhhhaaahhhhaa …«

heute: wahl zum lieblingsnachbarn 2010!

– Hamburg. Maria-Louisen-Straße.

In einem Bus. Ein älterer Herr und zwei ältere Damen unterhalten sich. Eine der Damen spricht aufgeregt den älteren Herrn an:

»Sie hätten neulich dabei sein sollen! Der Keller sieht wieder unmöglich aus. Dort hat doch tatsächlich jemand einen Schrank so in den Weg gestellt, dass der Durchgang nur noch siebzig Zentimeter breit ist. Das müssen Ausländer gewesen sein. In Deutschland muss doch ein Fluchtweg frei bleiben. Überhaupt ist in Deutschland die Sicherheit wichtig. Ich habe im Fernsehen gesehen, dass in anderen Ländern noch nicht einmal Schutzhelme vorgeschrieben sind.«

(Pause)

»Ich habe jetzt bei der Polizei Strafanzeige gegen Unbekannt gestellt. Nur so kriegt man sie.«

es ist was großes im gange

– Köln. Cinedom im Mediapark.

Ich warte an der Toilette auf meine Freundin. Vor ihr gehen zwei Frauen mittleren Alters in die Toilette. Die eine singt vor sich hin:

»Groß, groß, groß … schon wieder groß.«

der todesengel von föhr

– Wyk auf Föhr. In einem Linienbus.

Ein Inselbewohner besteigt den Linienbus, setzt sich in die erste Reihe und unterhält sich mit dem Busfahrer.

Inselbewohner: »Moin, häst du schon hört? Knut is dod!«
Busfahrer: »Wie schon widder?«
Inselbewohner: »Ja nä, nu isser wirklich dod, bin gestern doah wän.«

In diesem Moment sieht der Inselbewohner auf dem Bürgersteig einen anderen Inselbewohner spazieren.

Inselbewohner: »Guck moah doah, der Hein. Der iss uck bald dod. Der weiß dat nur noch nich.«

Der Inselbewohner verlässt den Linienbus, die Türen schließen sich.

Busfahrer: »Und der machts uck nich mehr lang.«

apokalypse hannover

– Hannover. Hauptbahnhof.

Eine Frau kommt in die Eingangshalle des Hauptbahnhofs Hannover und redet vor sich hin:

»Nichts mehr zu retten, der Bahnhof geht direkt durch einen Vulkan, alles vorbei … nichts mehr zu retten, alles vorbei!«

sommerbräune für alle

– Kiel. In einem Bus.

Junges Mädchen (ca. Anfang zwanzig) mit recht tiefem und üppigem Dekolleté blickt aus dem Fenster in die strahlende Sonne und scheint ein wenig träumerisch zu sein. Plötzlich reckt sie die Brust gen Fenster und sagt für die Umsitzenden doch recht deutlich hörbar:

»Nun werdet mal schön braun, meine zwei Süßen!«

wo die weißen mäuse arbeiten

– Frankenberg. In einem Altenheim.

Eine Sozialpraktikantin fragt einen der Bewohner (schon etwas dement):

Sie: »Sagen Sie mal, haben Sie hier eigentlich auch Pfleger oder nur Pflegerinnen?«
Er (guckt sie irritiert an): »Wir haben Mäuse! Und wenn die durch Mehl laufen, haben wir weiße Mäuse!«
Er (schaut beschwörend): »Sag aber keinem, dass du es von mir hast.«

coole kerle oder warme brüder?

– Hanau.

Zwei coole Hip-Hoper an der Theke während einer Hip-Hop-Veranstaltung.

#1: »Ey, isch lad dich ein. Was willst'n drinken?«
#2: »Ey, es selbe wie du.«
#1: »Bist du schwul, isch trink Wasser!«

heißt es deswegen ›homepage‹?

– Hannover.

Mein Opa (achtzig) hat seit kurzem einen Laptop mit Internetzugang und auch eine E-Mail-Adresse, die mein Vater ihm eingerichtet hat. Als er eine E-Mail mit Fotos im Anhang bekommt, weiß er nicht, wie er diese öffnen kann und ruft meine Schwester an, damit sie ihm hilft.

Schwester: »Opa, wo bist du denn? Bei yahoo oder bei web.de?«
Opa: »Ich bin zu Hause!«

im spiegel claudia schiffer, in echt claudia roth?

– Ganderkesee. In einer Schule.

Zwei 15-jährige Mädels stehen in der Toilette vor dem Spiegel und betrachten sich.

#1: »Boah mann! Voll das scheiß Wetter!«
#2: »Ja, find ich auch.«
#1: »Aber weißt du, was voll geil is?«
#2: »Ne, was denn?«
#1: »Mein Spiegelbild sieht immer voll viel besser aus als ich!«
#2: »Krass! Meins auch!!!«

damals an der milchbar

– Heubach.

Bei meiner besten Freundin zu Hause. Sie geht ins Schlafzimmer und wird dabei von ihrem dreijährigen Sohn verfolgt. Als sie sich einen BH aus dem Schrank nimmt:

Sohn: »Haha … Mama … dein Busen …!«
Mutter: »Jaja … mein Busen … gell!?«
Sohn: »Gell Mama, früher als du noch 'ne Kuh warst, hab ich da immer draus getrunken!«

… und ohne massenvernichtungswaffen

– Hamburg. In der U-Bahn.

Eine Familie mit zwei kleinen Kindern (ca. fünf und sieben) sitzt neben mir. Die Kinder unterhalten sich.

#1: »Komm, wir spielen Schere-Stein-Papier!«
#2 (begeistert): »Au ja! Aber ohne Pumpe … und ohne Gott!«

falsche frage, nächste frage

– Leonberg. An einer Bushaltestelle.

Zwei Bauarbeiter (#1 ca. 25, #2 ca. 45) laufen von der Baustelle zum Auto.

#1: »Wie lange geht die Weihnachtsfeier denn?«
#2: »Heut Abend.«
#1: »Ja, aber wie lang?«
#2: »Da drüben.«
#1: »Aha. Und wie lange geht sie?«
#2: »Ab Feierabend.«
#1: »HALLO? Wie lang?«
#2: »Treffen uns beim Markus.«
#1 (mit verwirrtem Gesichtsausdruck): »O.K., bis heut Abend dann.«

#1 steigt ins Auto ein und fährt los. #2 dreht um und läuft zur Baustelle zurück.

je später der abend desto heller die leuchten …

– Kiel.

Auf einer WG-Party. Ein junger, schwer alkoholisierter Typ kommt in die Küche und nimmt sich ein volles Bier aus dem Kasten. Er fragt lallend nach einem Flaschenöffner. Ein Gast gibt ihm ein Feuerzeug. Er starrt es eine Weile an und lallt dann:

»Man kann Bierflaschen nicht aufleuchten!«

die eier legende wollmilchsau

– Berlin. In einem Hähnchen-Schnellimbiss.

Eine Mutter kauft für sich und ihren ca. drei- bis vierjährigen Sohn ein halbes gebratenes Hähnchen. Beide setzen sich an einen der wenigen noch freien Tische. Der Junge dreht und wendet den Teller und beäugt die ihm kredenzte Hühnerkeule eine ganze Weile kritisch von allen Seiten. In seinem Forscherdrang hebt er die Keule ganz leicht an, um unter sie zu sehen, kniet sich auf den Stuhl, um sie auch noch von oben zu betrachten.

Schließlich ruft er voller Empörung und mit glockenheller Stimme quer durch den Laden:

»Mama, und wo ist nun das Euter???«

das rathaus ist sein himmelreich

– Großbottwar. In einer Kirche.

Kinder vor der Einschulung in der Kirche. Ein Kind (ca. fünf) betrachtet den Pfarrer.

Kind: »Mama, ist das Gott?«
Mama: »Nein, Schatz. Das ist nicht Gott.«
Kind: »Ist das dann der Bürgermeister?«

ein tag, so wunderschön wie heute?

– Augsburg. In einem Indie-Club.

Samstagabend an der Garderobe. Ein betrunkener Gast hat seinen Garderobenzettel verloren und beschwert sich lautstark an der Garderobe, dass er seine Jacke nicht wiederbekommt. Er hat bereits mehrmals versucht diese mit Zetteln, die er vorher vom Boden aufgehoben hat, wiederzubekommen. Er ist offensichtlich sehr betrunken, schwankt und lallt.

Garderoben-Mädel: »Hey, siehst ja was hier los ist, ich kann deine Jacke nicht suchen jetzt! Du musst einfach morgen wiederkommen. Oder am Montag, da is' jemand im Büro.«
Gast (völlig verstört): »Montag? Mann, welcher Tag ist Montag? Samstag oder was?«

nullnummer sucht anschluss

– Bielefeld. An der Universität.

In einem Seminar. Ein Informatik-Nerd regt sich über ein Bildbearbeitungsprogramm auf:

»... das beginnt mit dem Zählen bei eins? In einer Welt, in der bei eins angefangen wird zu zählen, will ICH nicht existieren!«

alpen-drag-queen

– Linz. Hauptbahnhof.

Früher Abend. Eine in Tracht gekleidete Frau kommt zu einer Bank und setzt sich. Auf der Bank sitzt bereits ein Mann.

Mann: »Haben Sie den Rock aus Ischl?«
Frau (nach einigen Sekunden): »Hä?!?«
Mann: »Ob Sie den Rock aus Ischl haben, hab ich gefragt!«
Frau: »Ja, wieso wollen Sie das wissen?«
Mann: »Ja, weil ich habe denselben auch in Ischl gekauft und bei mir zu Hause in meinem Kleiderschrank hängen, der gefällt mir so ...«

… und vier räder hat es auch

– Konstanz. In einer Kneipe.

Am Nebentisch trifft sich ein Studentenstammtisch. Zwei Studentinnen unterhalten sich:

#1: »Und, was fährst du für ein Auto?«
#2: »Na, … so ein rotes.«

hoffentlich wuchs da gras drüber

– München. Marienplatz.

S-Bahn, Untergeschoss. Dunkelhäutiger, mit typischen Rastafari-Insignien ausgestatteter Mann um die dreißig schlendert rauchend den Bahnsteig entlang. Immer wieder steigt dicker Rauch von ihm auf.

Stimme aus dem Lautsprecher: »Machen Sie bitte die Zigarette aus!«

Der Rasta dreht sich um, schaut in die Überwachungskamera, wedelt mit seinem Rauchwerk, lächelt milde und sagt langsam:

»Is' keine …«

der media-markt-mythos

– In 32 verschiedenen Filialen von Media Markt, Saturn und anderen Elektronikfachläden. In 25 Fällen war der Kunde weiblich, in fünf Fällen Rentner.

Kunde: »Wo gibt's denn hier die W-Lan-Kabel?«
Verkäufer: »Sind da hinten bei ›PC-Zubehör‹.«

MODERNE MYTHEN – „WO GIBT'S DENN HIER DIE W-LAN-KABEL?"

Tagtäglich trudeln Dutzende Belauschnisse in unserem virtuellen Briefkasten ein. Da die Authentizität der Sprüche für uns oberstes Gebot ist, prüfen wir jede Einsendung genau und veröffentlichen nur zweifelsfrei echt Belauschtes. Meist finden wir recht schnell heraus, ob sich eine Begebenheit wirklich so zugetragen haben kann oder ob es sich um einen alten Witz handelt. Uns erreichen jedoch immer wieder auffallend ähnliche oder identische Belauschnisse – aus ganz verschiedenen Städten und Orten. Das folgende Kapitel ist genau diesen Einsendungen, den ›modernen Mythen‹, gewidmet. Ihr Ursprung ist mysteriös. Entsprechen die Ereignisse der Wahrheit und werden einfach immer wieder an den verschiedensten Orten belauscht? Ist es ähnlich wie bei der berühmten Geschichte von der ›Spinne in der Yucca-Palme‹ und die Geschichten sind lediglich Erlebnisse, die dem Freund eines Freundes eines Freundes passiert sind? Oder handelt es sich tatsächlich um erfundene Kalauer, die im kollektiven Gedächtnis der Nation herumgeistern? Da wir diese Fragen nicht eindeutig beantworten können, spielen wir Ihnen den Ball zu – entscheiden Sie selbst! Zum ersten Mal veröffentlicht: unsere Belauscht-Evergreens, die modernen Mythen Deutschlands!

die story vom schlauen schwarzen

– Aufgeschnappt in Rostock, Augsburg und sieben anderen Städten. Meist in der Regionalbahn.

Fahrscheinkontrolle im Zug. Ein farbiger Fahrgast sucht etwas länger nach seinem Ticket.

Schaffner: »Naaa, hat Bimbo keinen Fahrschein? Fährt Bimbo SCHWARZ?«

Der Farbige findet in diesem Moment sein Ticket und antwortet in bestem Hochdeutsch.

Fahrgast: »Doch, Bimbo hat einen Fahrschein. Und Bimbo ist Rechtsanwalt. Und Sie haben jetzt eine schöne Klage am Hals.«

die fleisch-fabel

– Köln, Bergisch-Gladbach, Weeze und Schwerin. Kinder sind meistens noch im Vorschulalter.

Mama ist Vegetarierin, Papa nicht. Sie diskutieren, ob ihr Kind vegetarisch erzogen werden soll oder nicht. Dann schaltet sich das Kind ein:

»Mama, wenn man Tiere nicht essen soll, warum sind die denn dann aus Fleisch?«

der kindernamen-kalauer

– Belauscht in Köln, Essen und in 15 anderen Städten, bevorzugt in NRW.

Auf einem Spielplatz. Zwei Mütter beobachten ihre Kinder.

#1: »Üffes, Üffes! Komm mal her!«
#2: »Aha, Üffes, das ist aber ein interessanter Name, wo haben Sie den denn her?«
#1: »Ja, wirklich schön der Name, wa? Haben wir mal irgendwo gelesen.«
#2: »Und wie schreibt man das?«
#1: »Y-V-E-S.«

der www.witz

– Swisttal. IT-Systemhaus. Oft auch an Infoständen eines Media Markts – dann aber mit pfiffigen Kommentaren des Verkäufers.

Aufgeregt ruft eine Kundin an.

Kundin: »Sie müssen sofort einen Techniker vorbeischicken. Meine Kollegin hat aus Versehen das Internet gelöscht. Zum Glück hat sie es vorher noch ausgedruckt.«

die laissez-faire-legende

– Vier Mal belauscht in der Straßenbahn, acht Mal in verschiedenen Supermarkt-Filialen. Funktioniert auch mit Honiggläsern.

Ein paar Plätze vor mir in der Bahn sitzt eine Mutter mit Kind. Das Kind tritt die ganze Zeit gegen den vor ihm befindlichen Sitz, auf dem ein Typ, der gerade ein Softeis isst, sitzt.

Typ: »Könnten Sie Ihrer Kleinen sagen, dass sie das lassen soll?«
Mutter: »Nein, meine Tochter ist antiautoritär erzogen.«

Zwei Stationen später steigt der Mann aus und knallt der Mutter das Eis auf den Kopf.

Typ: »Ich bin auch antiautoritär erzogen.«

das bläser-belauschnis

– Rahden, Dresden, Paderborn und 58 andere Orte. Spitzenreiter der ›Wannabelauscht-Parade‹.

Meine Musiklehrerin sagt zu Beginn der Musik-AG:

»Alle Bläser, die jetzt noch keinen Ständer haben, gehen nach oben und holen sich einen runter.«

der schwanz-schwindel

– Lübeck, Villingen-Schwenningen, Hannover, Ansbach. In einem Rewe-, Edeka-, Penny- und Plus-Supermarkt. An der Kasse sitzt immer eine Frau.

Vor mir an der Kasse steht ein junger Mann (ca. zwanzig) mit einem langen Zopf. Er zahlt und geht, vergisst aber eine Schachtel Zigaretten an der Kasse.

Verkäuferin: »Halt, junger Mann mit Pferdeschwanz!«

Der Mann kommt zurück und sie gibt ihm die Zigaretten.

Junger Mann (mit todernstem Blick): »Oh danke. Aber woher wissen Sie, wie groß mein Penis ist?«

der kellner-kalauer

– In Restaurants in Bonn und 13 anderen Städten. Kommt nicht mehr gut.

Zwei Männer nach dem Abendessen an ihrem Tisch.

Kunde ruft zur Kellnerin: »Die Rechnung, bitte!«
Kellnerin: »Ich komme gleich!«
Kunde ruft zurück: »Das geht uns nichts an!«

die löwen-legende

– An zwölf Kiosken in Deutschland. Immer mit Schlange.

Ein kleines Mädchen steht vor mir in der Schlange.

Mädchen: »Ich hätte gerne den Schokoriegel mit dem Löwen drauf.«
Verkäufer: »Lion?«
Mädchen: »Neee, kaufen!«

das popp-palaver

– Köln. Ähnlich belauscht in den Zoos von Stuttgart, Berlin und Dresden. Von Reptilien bis Fischen ›poppend‹ oder ›fickend‹.

Auf einem Spielplatz. Eine Oma sitzt auf einer Bank und beobachtet ihren spielenden Enkel. Dieser läuft plötzlich ganz aufgeregt zu ihr und zeigt nach hinten.

Enkel: »Guck mal Oma! Die Hunde dort!«

Er deutet auf zwei Hunde, die gerade miteinander zugange sind.

Oma (schaut verlegen zu Boden): »Weißt du Justin, der eine Hund da hat sich ein Bein gebrochen und der andere schleppt ihn auf dem Rücken ins Krankenhaus.«

Enkel (laut und erfreut): »Super! Und bis sie da sind, poppen sie noch 'ne Runde!«

die zigaretten-zote

– Belauscht in 18 Tabakgeschäften und Supermärkten der Republik. Geht auch mit Marlboro oder Lucky Strike.

Ein Herr (ca. Mitte fünfzig) kauft eine Packung HB. Er bezahlt, schaut ein wenig irritiert auf den Warnhinweis der Zigarettenpackung und sagt:

»Wie ›Rauchen macht impotent‹? Nee nee, geben Sie mir mal lieber die mit dem Krebs!«

der möbelhaus-mythos

– Osnabrück, Berlin und sechs andere Orte. Im IKEA oder einem vergleichbaren Möbelhaus.

Eine Frau tritt an den Service-Schalter.

Frau: »Ich habe vor zwei Jahren hier eine weiße Küche gekauft. Erstmal wurde die dann in hellblau geliefert. Das war aber nicht schlimm, weil ich die in dieser Farbe schöner finde. Aber es kann doch nicht sein, dass die Farbe nach nur zwei Jahren Blasen wirft!«
Berater (sichtlich amüsiert): »Haben Sie eventuell schon einmal darüber nachgedacht, die blaue Schutzfolie zu entfernen?«
Frau: »Oh …«

Sie verlässt rot angelaufen den Laden.

der dicke-bauch-brüller

– Eingesendet aus Jena, München, Walbeck und drei anderen Orten. Nicht immer sagt das Kind ›Ihhh‹.

Schwangere Frau trifft eine Freundin mit deren kleinen Jungen. Die Schwangere zeigt auf ihren prächtigen Bauch und sagt zu dem Kind der Freundin:

»Na Kleiner, schau mal hier. In meinem Bauch ist auch ein kleines Kind.«

Junge: »Ihhh! Hast du das gegessen?«

der uhren-ulk

– Norddeich. Ähnlich passiert auf Norderney, Usedom und in Übersee am Chiemsee. Die Warnung erfolgt meistens im Dialekt.

Im Sommer am Norddeicher Strand. Eine Oma (ca. 65) und Enkelsohn (ca. zehn) sitzen am Wasser. Der Enkel geht ins Wasser.

Oma: »Raaiinäää … nimm de gudde Uhr ab wenne in Wasser gehst!«
Enkel (genervt): »Omma, die ist bis fünfzig Metä wasserdicht …«
Oma: »Du schwimmst bestimmt weida als fünfzig Metä!«

die schizo-geschichte

– Aus einem Berliner Gymnasium und 13 anderen Schulen. Manchmal begleitet von Gelächter.

Bio-Leistungskurs.

Lehrerin: »Wer möchte einen Vortrag über Schizophrenie halten?«
Schüler: »Wir!«

die feuerwehr-farce

– Regensburg. Neupfarrplatz. Ähnlich belauscht in Dortmund, Chemnitz und Tübingen. Bisher wurde stets bis zum bitteren Ende buchstabiert. Variation: ›Sackgasse‹.

Ein Italiener, der sich offensichtlich in Regensburg nicht auskennt, telefoniert mit dem Handy und versucht seinen Aufenthaltsort mitzuteilen.

Typ: »Warte, ich lese dir den Straßennamen vor:
F-E-U-E-R-W-E-H-R-A-U-S-F-A-H-R-T.«

der geschwister-gag

– Belauscht auf 38 Schulhöfen und Spielplätzen der BRD. Anscheinend besonders verbreitet unter Ausländern und anderen Minderheiten.

Zwei Brüder (ca. 14 und 16) beginnen auf dem Schulhof lautstark zu streiten. Der Jüngere zum Älteren:

»Du Hurensohn!«

die zivi-zote

– Unter anderem passiert in einem Uelzener Klinikum. Manche der Opas rollen dabei lustvoll das ›R‹.

Ich bin gerade dabei, einen ca. neunzig Jahre alten Patienten zu waschen.

Patient: »Sagen Sie mal, haben Sie eigentlich schon gedient?«

Als ich ihm dann erkläre, dass der Wehrdienst nicht in mein Weltbild passt und ich deshalb Zivildienst mache, sagt er trocken zu mir:

»Seien Sie mir nicht böse, aber so was wie Sie hätten wir damals erschossen!«

der kassen-knüller

– Düren. In einem Plus-Supermarkt. Exemplarisch für ähnliche Belauschnisse aus sieben anderen Discounterfilialen. Keiner kaufte Klopapier.

Ein junger Halbstarker betritt mit brennender Zigarette den Supermarkt.

Kassiererin: »Junger Mann, Sie sind hier in einem Supermarkt! Hier ist Nichtraucher, gehen Sie bitte mit der Zigarette nach draußen!«
Jugendlicher: »Ey wieso? Du verkaufst doch hier auch Kippen, dann kann ich auch hier rauchen!!!«
Kassiererin: »Wir verkaufen hier auch Klopapier!!!«

die aprikosen-anekdote

– Stolberg. Auf dem Wochenmarkt. Elf Mal belauscht in anderen Orten, mit ggfs. anderen Obst- und Gemüsesorten.

Markthändler: »Welche Aprikosen möchten Sie? Die türkischen oder die französischen?«
Kunde: »Ist mir egal. Ich will mich ja nicht mit denen unterhalten.«

die semmel-sage

– Dahn (Pfalz). In einer Bäckerei. Ähnlich belauscht in fünf anderen süddeutschen Bäckereien. Funktioniert nicht mit ›Brötchen‹.

Ein Junge bestellt bei der Bäckerin.

Junge: »Sechs Schrippen bitte.«
Verkäuferin: »Weck!«

Der Junge dreht sich um und rennt aus dem Geschäft. Die Verkäuferin hält die Tüte mit den Brötchen hoch und zuckt mit den Schultern.

Bäckerin: »Widder so enna, kennt kä Weck, soll erscht a mol Grumbeere kaafe gehe.«

der ouzo-ulk

– Belauscht in sieben Restaurants von Nürnberg bis Emden. Auch bei uns hinterlässt er einen fahlen Nachgeschmack.

Neben mir sitzt eine Bürogemeinschaft. Nach dem Essen kommt der Kellner zum Abräumen an den Tisch.

Kellner: »Wer von Ihnen möchte noch einen Ouzo?«
Bürotyp: »Nein, danke. Sonst hab ich wieder den ganzen Tag den Anusgeschmack im Mund!«

der schlampen-schwank

– Herne. Abends im McDonald's. Acht Mal ähnlich belauscht. Oft dabei: Blondinen.

Junge: »Boah, was trinkst du so viel von meiner Cola??? Du hast gesagt EINEN Schluck, du dumme Schlampe!«
Mädchen: »Hast du mich gerade dumm genannt!?!«

die story vom stecher

– Bergkamen. Wasserpark. In ähnlicher Ausführung 14-mal belauscht. Mitunter wird Mutti rot.

Eine Familie, Mutter, Vater und zwei Kinder, morgens unterwegs mit dem Hund.

Kind: »Guck mal, da ist der, der nachts immer Mami besucht und macht, dass sie schreit!«

DIE BELAUSCHER

Arit Rene Garamond Robsen illusion Enza Lordy petefi C.R. NeoBlack Enza Steffen Nico Karl S. Micha schlummel Manuela sonja Anna Ulrike Bine Dominik S. Nicole Alisa Daniel Chris kloose Ben Oliver Henry Tanja janni Sebastian Jo Ulli Wiener Robert lousypoetry Adromir Morrighan basch094 Ramona Miriam P. Frank Angelika Stasihasi Eva sersch kri Steve Tobi Lisa M. Inka Planegg Christian bomaus Sandra Toastbrot-m-m Flo desinvolture Hanns Johanna Thilo Sebastian Sorin Reinhold Thomas Michi Colombo Liz David Guido Anne Morlin Arkaner Lisa lynn Camilla Anna Martin Marie Kathrin Dine Miriam Jasmin Tobias Knute Martin Kalle Michael Doreen Mado11 Jessica Kerstin Vitralette Carsten Ramonsti Leonie Ann-Kathrin Gaston Lagaffe tom TT Maren Thomas Schmitz Rieke Debilor Florian Nicolai Knusperfelix Lukas Ulrike Bewer Annegret Schoschies Berlin Katja Sporleder MP_94 Michael Dave Christoph Stefan Alexander Josefowicz Kevin christoph Strassenbahn Christin E. Calla uschi lydia Jennifer Stine lusyblom Heide Johanna Gebauer Christian Achmed Machmalalla Dorin Erie Lemmi Juliane Dreschke Philipp K. suender Leyla Chris David Samantha Nerd ITS-Emann Laura Birdie David Mara bodhi Elise Muttis&Vatis Vonuns Arkaner Aya Xenia alice schwesta Sane Arman Bernhard Sun Daniel Rieder guy incognito Laura Ildiko Arning Walddespot Christoph IriasYrenee Bee Mareike Pawelski Tamer Hannes Nina Isabel Adamzyk Roxy Langdon Alger Mgier Manfred Sebastian Ilo Max Lucy Osman Buslauscher GertderHeld Mike HarryB Nele Heinz Florian Knusperfelix Angelina mihra Torsten Daniel H. Christian

DomDom Martin Gambassi Ela Eva Till Chaya Nico Ernst Arman Tobi JuTheFu Stefan Scherzwaffel Solneman Riko MrsG10 Philipp Kultsonne Sandy Langfurter ChrisTiny Nina Max Anke Lena Markus Spooky Tom Thadeus Judith Schlumpfine Thomas Micha Christoph Mag neo67 Cris Daniel Marius Anke Apfelwurm Matthias K. leoni chahbani Heike J. Ensona MistressMiez Mieke Christian Darkstalker Greaser Tanja Carola Christian Al Anna Friebe Julia Christin Alessa Sirii Lulu321 shsc Stefan Mischö Julia Marco Glenn Stark Becher Cascara ChrisTiny Erklärbär laura Yvonne Thomas phasE Miri katz summerson Roland Nele Thorsten JohannW Superstar Luthien Simone Esslingen Holger Kader Uyar jojo1408 CorneliaBG Sarah Henning Christian Nico Laura Gunnar Neglectis Poly Guy Inkognito Funky Alo Konrad Jo Emanuele Spam killerkarlo Caro Sandra Tasya yeti Lilli Nicoletta Michael Dehnert Vicy Sam Gravity77 Nele Günther Tomas MontyPython Elbchen egon ike Dani marion Stefanie Evelyn vinaigrette Maren Martin Anne Joy Philipp Anne Axel S. zaphod99 Micha Albrecht Kollege Christian Michel el axl Mareike Elke Georg Leo Solneman Simone Lina Martin unglaubliches Großohr Cat Jo Thomas Fam.Seitz Vielen Dank Tobias kiki AnnCa Denise katy Lena ZugfahrerRE7 Aline Christoph Karla Harald S. Jan Benni RiesenradDiebin vanGoo illef Monika Teacher2711 axl R2D2 Arik Arno A. Nonym Christiane Daniel Daniel Mc.Murphy Wettervogel Michael SteveOrtmann Sash Oliver Jan Verena Julia Peter.U. Pfirstinger Carina Jasmin Jürgen Sebastian Liebisch Lilly T.Igelmund Stephan Mo Sophia Nöly MaDSaM luise Chris Tinker Runte Yannick Konstantin psy føtex-ftw, Jogi Florian Tom Robsen almontcole Christiano Herr.Müller malluc Sisu Timo kreaturlich MioMaschi Henrik Psy Heinz Anna HenkSchmitz Leha Sebastian RiesenradDiebin Morrighan Lisa Kaya Dirk Dani sprite69 Simone M. Anne Jessi Trixi

Eva Pianodude Apfel Doctor Bekka Chinchilla girl_on_fire Melanie Kai Adri Bumpin Rüdiger Simone Waltraud Vossey Olaf Hans Isabel HR Stille Info Bro Robert Matthias Albatross Snowwulf Emi Bastian Steffen Flo Nina Macwoern Karnevalsjeck Börni Florian Gregor Julia Brigitte Anna B. Lars C.A. Bernd das Brot Claudia AlleBelauschtHomies H. Leers GästeHonk Philip Zulu Dominic Axel Budapest Lena Anne Lucas Kai Alina Mirjam Hanna Petra Jessica Tatjana Thorsten Frenni Tjerry Stefan Alex Chregi Ben Hutgesicht Jessica Sabine lauschear S.Tiedjen Ramona Raimondi Dominik Florian Martina Smeik Jorge Simon Mayr Homer 23 desp20 Imdaxbau Axel Aninka Lady Kuro Philipp Monika Susanne Flo Inchtabokatable sosk.it

WO BELAUSCHT?